不喧哗 自有声

愿你活得像自己

这么远那么近
×
宇华

北京联合出版公司
Beijing United Publishing Co.,Ltd.

致回忆

一切过去了的，终将成为最亲切的怀念。

这是一本特殊的书，它不仅仅是远近个人的文字集结，更是设计师宇华、电台团队、音乐合作和读者参与共同完成的跨界作品。

很高兴你终于来了，愿你在其中找到乐趣，愿你有更多的时间好好爱自己。

希望这本书能够陪伴你度过一些时间，我们一直都在患得患失中，在不停地对世界跃跃欲试中缓慢成长，所谓的生活不过只是得到和失去，就着文字和音乐的余温慰藉自己。

我用这样的方式来到你身边，不早不晚刚刚好，但愿你懂得。

你我虽未相约，但我为你而来。

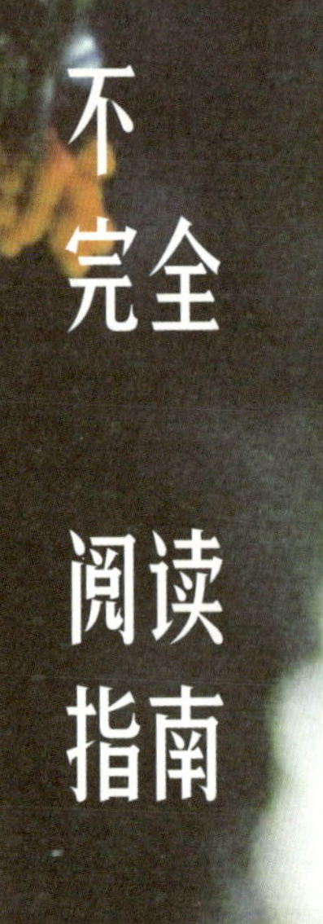

扫描收听有声版

可读

2016年最真诚的内心文字，这么远那么近豆瓣最热随笔和全新创作文字完整收录，微博热门话题“每日我说”精彩集结，成长只是一次又一次的自我总结和超越，希望你学会边走边珍惜。超亿次阅读记录，近万次喜欢和分享，为你送上年度最具辨识度的文字大赏。

可看

「ONE · 一个」人气摄影师，旅英新锐设计师宇华作为联合作者倾情加盟，为你带来行走世界的影像作品和亲力亲为的图书装帧。内文每页的先锋设计，进口特种纸的全彩呈现，不计成本的精良制作，双封线装的品质保证，打造最具观赏性和设计感的图文创作集。

可听

全书文稿有声录制，这么远那么近温暖发声，收听量过亿次的远近电台跨界合作，扫描书中各处二维码即可收听，开创文字作者录制个人单行本创意先河。恒大音乐独家音乐平台鼎力合作，中国好声音人气选手孙伯纶演唱新书官方主题曲《河流》，定制MV同期发布，这是音乐与图书强强联手官方合作的全新格局。

可参与

全新引进零距离全参与互动模式，首创“未完成”概念私人订制。复古相册、成长信笺、文章接龙、梦想笔记四大参与主题分别置于书内四个章节，只有将你的文字和影像加入其中，这本书才得以真正完成，成为独属于你的唯一典藏。欢迎你参与我的世界，分享你的人生。

河流

词曲：刘洲　演唱：孙伯纶

我们说了太久 / 抱怨着人生的一无所有
总觉得自己能承受 / 却一次又一次地让理由牵着我们走
曾经那份快乐 / 悄悄地被香烟的味道带走
忘了放过几次手 / 也忘记回了几次头
握着手中的尊严 / 却早知已将幸福 / 送走
直到唇眼已老旧 / 或许才明白 / 你我并未看透
像是条河流 / 勇往直前却看不到尽头
该走的都走了 / 该留的却一个没留下 / 等候
我毋疑跟着你走 / 换来的却是多余的忧愁
或许是人生过了头 / 才明白爱情不过是 / 两个人的索求

我们想了太久 / 苦恼着如何与时间搏斗
想说的话还未开口 / 却一次又一次地让现实这混蛋封了喉
曾经那份快乐 / 又悄悄被命运这小偷带走
放了不该放的手 / 也回了不该回的头
嗅着别人的幸福 / 却未等到爱人将自己 / 带走
直到唇眼已老旧 / 终于才明白 / 你我并未看透
像是条河流 / 勇往直前却看不到尽头
该走的都走了 / 该留的却一个没留下 / 等候
我毋疑跟着你走 / 换来的却是多余的忧愁
或许是人生过了头 / 才明白自由不过是 / 两个人的借口

像是条河流 / 勇往直前却看不到尽头
该走的都走了 / 该留的却只留下一句 / 问候
我无力再陪你走 / 你幸福是我最后的奢求
或许来生只是点点头 / 也或许在人潮之后看见 / 我为你停留

河流

目录 CONTENTS

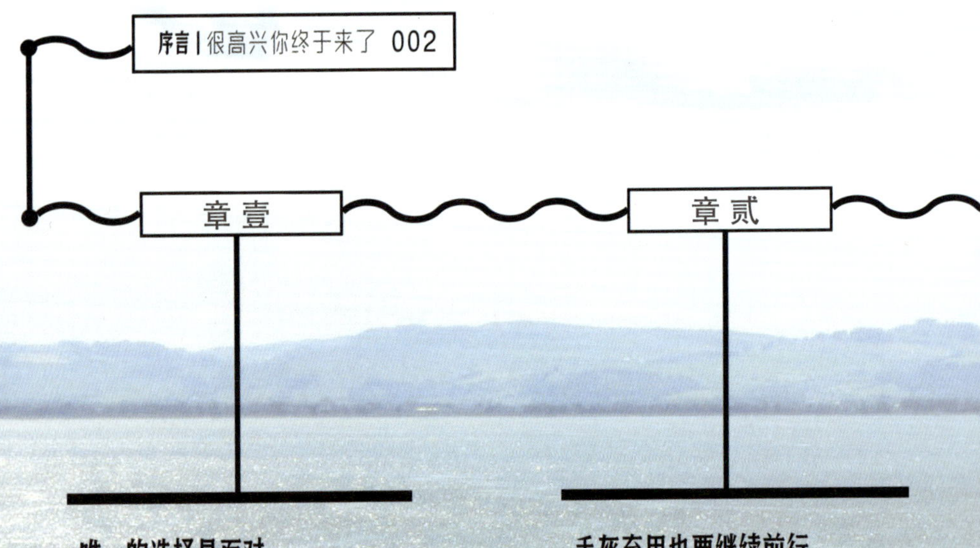

章壹

唯一的选择是面对

章贰

丢盔弃甲也要继续前行

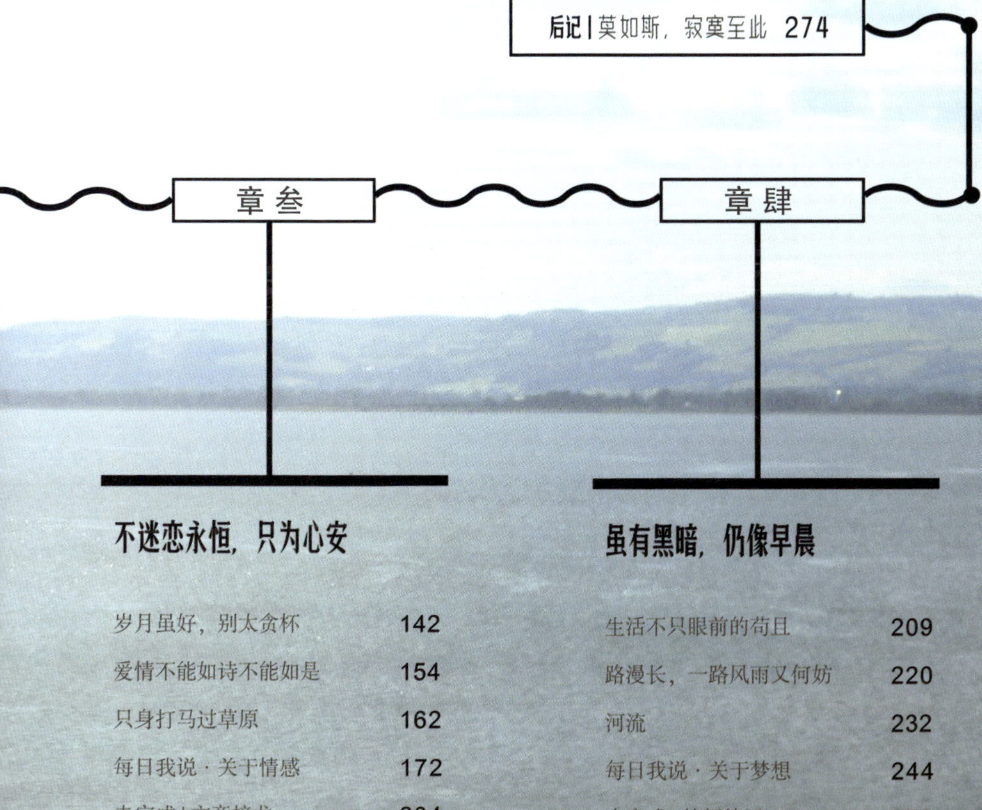

章叁

不迷恋永恒，只为心安

章肆

虽有黑暗，仍像早晨

LIFE ON THE

每个人都走过许多的路，
跨过千山万水，路过良辰美景，
才会有更加美好的相遇。

They say I'll never find a home,
if I spend my whole life on the road.

Why can't they see?
The road is home to me.

序言

很高兴
你终于来了

I am glad
you finally here.

扫描收听有声版

01

在朋友给我讲完他的故事互道晚安后，北京的天蒙蒙亮了。

我睡意全无，站在窗前点燃一支烟，看着这座刚刚苏醒的城市，它就像是一张巨大的网，网罗住生活在这里的所有人，你和我都是这张网的某个点，我们彼此缠绕交织，像是有一种无形的力量在其中。

对面楼上的灯还没有点亮，很多人依然还在睡梦中，只有这座城市渐渐睁开了眼睛，好像上帝一般慈祥地端详着我们，所有的悲欢离合在它的眼睛里都是沧海一粟，微微一笑，转眼好些时光就这么过去了。

是啊，好多年就这么过去了，快到我仿佛还没有来得及细细体味，它们就消逝了，隐藏了，成为自己的记忆了。

这本书中的许多文字，就诞生于这样即将消逝的时刻，就诞生于这样蒙蒙亮的清晨，诞生于我忽而远忽而近的记忆之中。

02

我是想写一本这样的书，这样的念头有了很久很久了。

写一本代表自己内心的书，不求能够代表很长的时间，只一两年就好，把自己原原本本交还于文字，什么形式都不重要，表达自己就好，让自己痛痛快快地书写。

这本书里的许多篇章，就写于最近的日子里，都是和其他一些故事同一时间写下的。写故事于我而言终究不是畅快淋漓，它就像是隔着一层纱，把自己微微藏于纱后，让那些笔下的人物替自己说话，替自己生活，替自己表达。所以，在写很多故事的间隙，我写下了这本书中的文字，不管是独立成篇的文章，还是每日记录的碎语，我扯掉了那些纱，原原本本做回了自己。

有些人告诫我，这是危险的。我已经不再是十几岁的年纪了，曾经或许幼稚或许矫情地记录下点滴，旁人会以为是年少轻狂，现在已近而立之年，却依然有这样的行为，很容易误伤自己。

诚然，书中的诸多文字代表着我这一年半的所思所想，有些格外直白且血淋淋，它真的就如同一把双刃剑，可以保护自己，但也能够把自己伤得体无完肤。

但是，我必须这么做，不然就无法面对我一直坚持的写作。

03

很多人都在网络上存活着，大家看着彼此的文字和图像，有各种社交媒体和朋友圈供人们消遣时光，那些隐藏着的善意和恶意被揣测，让人心存芥蒂，被各种面具包裹，我们也觉得安全。人们抱着相互不认识的想法去交流，而这时，所谓的真诚就显得格外重要。

有时，面对陌生人反而可以多说一些话，每个人的背后都有一些无法察觉的故事，就好像是心中有一潭水，没人知道下面是什么，唯一能够分辨的，是那些隐忍着故事的人们，还有过眼云烟之后的平和。

很多人都在网络上记录自己的往事，我也是其中一个。有时在豆瓣上发表文章，有时在微博上写点碎语，我不能说自己是最好的记录者，但我想我应该是最真实的那一个。因着这份丝毫不加掩饰的表达，我收获了许多，也因此知道了这份珍贵。

曾经，我一次次看着自己写下的文字，好像是在回想自己做过的事情，我想从中窥探出一些端倪，找到一个个突破点，来验证自己的成长和变化。因为人在生活中往往不自知，唯有跳脱出来，才能够明白这其中的种种缘由和因果。

我经常能够在这其中找到蛛丝马迹，对类似的事情看法已经不同，很多曾经以为的艰难如今已经放下，耿耿于怀的往事也已经淡然，我很欣慰能够从文字中察觉出变化，当然，陪伴我一路走来的人们，更是如此。

04

写作于我而言，已经变成了反观自我的方式，我在很多时候都说过这样的话。

我应该是一个矛盾的人，不喜欢说话，却不得已每天说很多话，不喜欢表现，却总在刻意张扬，我曾经差一点就活成了自己最讨厌的样子，后来我开始害怕，害怕自己变得陌生，于是依靠写作来维持自己的初心。

在不久之前的一场活动里我说，人越长大，活得越久，初心就显得越发重要。人首先要知道自己是谁，才能去做匹配的事情。不要低估自己，也不要高看自己，生命中最难的，就是懂得自己，而这份懂得和清醒，我完全交付给了写作。

很多时候我在想，那些生活在这座城市里和我一样的人，是否也有和我类似的想法，那些急匆匆经过我身旁的他们，是否也存在一场潜在的倾诉。无论是在什么地点，邂逅了哪些人，时间就在这其中因为相遇而发生了微妙的变化，一切都在内心中产生了化学反应，于是人与人之间的交际就这么开始了。更多时候，面对诸多人事，我们需要做的就是摘掉面具，敞开心扉，如此才能够倾诉和开始。我们是需要卸下身上的包袱，轻装上路。

你是否也会和我有类似的感受，当你拿着大刀在你的世界里冲锋陷阵义无反顾，当你用尽全力为了自己想要的全力厮杀，当你咬紧牙关去闯、去拼、去建立属于自己的疆域，等到某一个空隙突然回头，发现四周已经没有了人，只有一脸狠相的自己，站在自己想要的，但却无比孤独的所谓的终点。扪心自问，你还认识此时此刻的自己吗？我曾经给予了一个否定的答案，然后，我把真实的自己交给了写作。这就是我现在依然坚持书写的唯一原因。

05

很多人，包括我在内，用了自己全部的心力，为自己划出了一块地，然后期望可以永远生活在这里，温暖、安逸、自在，可是这也无形中让自己画地为牢，再也逃不出去。

坦白说，对于人性，我一直都是悲观的态度，除了欲望，我们什么都可以抵抗，但人生下来偏偏就是为了这无穷无尽的欲望。我曾经一直都想做一个旁观者，但又不自知深陷其中；我曾刻意游离在人群之外，但为了生活又再次沉沦。我自己都做不到，又凭什么去告诫别人不去争不去抢？又有什么资格去评价别人的得失和成败？

一个人，只有直面自己的难堪，才能够继续前行，也只有承认自己的卑微和渺小，才可以有被人仰视的可能。我正是察觉到了个人的微不足道，才选择用写作来记录这份曾经的无知和现在的成长，我也正是因为明白了世事皆是无常，才选择用暂时的永远来替代生命中的稍纵即逝。

我记得有人写过这样一句话，一些人活着，始终都在寻找沟通和与灵魂的观望，但默不作声，兀自安详。

我好想也做这样的一个人，什么都要，往往最后什么都得不到，看似什么都不要，一切却早有定数。

虽然人们都说天注定，但我更相信事在人为。

06

出的书越多，写作就变得越随性了，成名得利已经不再是重点，如果仅仅是为了出名，那我可以写出更多故事大卖，还可以做影视和其他项目，可是我却依然选择用一种直接的方式来记录自己，这就是我选择的沟通方式。

人越成长，或许很多习惯都会改变，可我依然保留了许多曾经的习惯，依然会感叹季节的变化，依然会回望曾经的时光，依然会在人少的时候坐地铁到城市的另一边，依然会去书店里花一个下午安静地看书，依然会在某个午后给自己泡杯好茶，依然会伤春悲秋，依然会想很多很多。

你知道吗？我特别庆幸我还有这样的能力，还有难过的能力，还有哭的能力，我甚至为自己的矫情感觉到欣喜，因为我还没有变，我依然是曾经那个因为一场花落就想到故人的自己。

每天生活在职场，和无数怀有各种目的的人打交道，我适应了游戏规则，也开始变得冷漠狠心，甚至不择手段，而当我面对写作时，我却可以和曾经十几岁时的自己一样坦诚，那时我才觉得自己是在活着。

有档节目里的嘉宾说，我和那个人相处做朋友，感觉自己变得干净了一点点，与其说我喜欢那个人，倒不如说我喜欢那个和她相处时的自己。

说得多好啊，我喜欢写作，因为感觉自己依然没有变，也干净了一点点。与其说我喜欢写作，不如说我喜欢在面对写作时依然赤诚的自己。

07

这本书，在我看来，就是这样赤诚的、浓烈的、多变的，甚至是义无反顾的。

我是如此害怕失去自己的内心，于是我用这样的一本书记录自己，这其中有文字，有声音，有参与，有互动，有各种各样我能够想到的形式。我像是一个孩子般用尽全力索要糖果，又像是一位老者将自己的所有倾囊付出。于读者而言，这或许只是一种图书形式，但于我而言，这就是我现在最好的时光。

这本书中的文字，都是我这一年半写下的，它们代表了我最近的所思所想，也是最真实的自我表达，书中还有同期的录音。这是我第一次用声音录制自己的完整书籍，我期待可以让那些喜欢声音的人，通过我的讲述，真正走近我的生活。

还有书中每一章节的碎语，虽然不是完整的篇目，但却直击内心，它们是我对于人生的思考，或许片面，但却代表了一路走来的成长历程。宇华为它们配了相得益彰的图片和设计，让这些文字变得更加灵动，这样的形式我是第一次使用，是我目前能够交付出的所有了。

你不必把这本书当作严格意义上的图书，因为它实在难以界定，我当初在设想它时，也没有想好该如何定位它，有趣的，参与的，好玩的，各种各样都试想过，最后我觉得这是一本全跨界的书。这就好像是与一位故友再次相逢，你发现那个人身上的一切都变了，只有在交谈时才能察觉，这依然是你曾经认识的那个人。无论是设计、有声，还是读者的参与，任何的形式变化只是为了带来阅读的全新体验，可书籍的内里依然是文字。你可以参与到这本书里，就好像你参与我的生活一般。我特别欢迎。

08

写序言是我曾经最爱做的事情，因为可以表决心，说想法，但到了这本书，我却长时间无法下笔。

想说的都在文章里说完了，想做的都变成了书的形式，还有什么能表达的呢？只是在这样一个彻夜未眠的清晨，听完朋友的故事，突然有一些想法，打开电脑记录下来，便成为了这本书的序言。

有时写作也是如此，灵光一现就要赶快记录，不然就会变质。所以，不要说什么方式不恰当，而是要看它以什么姿态，在什么场合出现。

我很欣慰，我依然还有书写的能力，我们的生活都不同，却依然能够阅读同样的文字，能遇到类似的人，能为同样的事情感动，或许也在这样的一个时刻，你和别人在同一个时间，阅读到这里，看到我写下的文字。

这样的时刻，难道不觉得奇妙吗？对于一个作者而言，这是最奇妙的时刻，也是最幸福的时刻了。

幸福的不是有人买了这本书，幸福的是因为文字，你我相识，因为声音，你我走近，因为种种，你我有了一段共同的道路。

曾经很多人问过我的笔名，其实就是这个意思。这么远，但又那么近。

09

因为宇华要写这本书的后记，又免不得要感谢一番，于是碎记在这里——

感谢公司和各位老师，还有我的编辑空空，你们的绝对信任，让我和宇华能够完完整整保留这本书的点滴，使得它以我们的最初设想面世；感谢宇华，你的影像和设计担当起了这本书的门面，它必定成为我所有出版的书籍中最漂亮也最特别的一本；感谢家瑞，是你的不断鼓励和陪伴，使我一直充满勇气走在这条路上。

要特别感谢恒大音乐，这次的主题曲和MV都是让人特别惊喜的部分，感谢恒大音乐的流水纪老师，作为合作方十分专业和有效率，作为朋友又很贴心和温暖。感谢主题曲《河流》的词曲创作及制作人刘洲老师和演绎得丝丝入扣、淋漓尽致的孙伯纶老师，他们创作出的精彩作品使得这本书锦上添花，熠熠生辉。

感谢所有的朋友，无论你们是否还在身边，我能够成长为今天的模样，都是你们的度化，心怀感恩。感谢所有的故人，感谢我的父母，感谢我的老师，感谢因为这本书而结识的你。

往后的日子或许好或许坏，谁知道呢，但大多数时候总归是好的吧，只有抱着这样的希翼，我们才有勇气继续往前走。每个人都渴望有好的未来，但实际上大部分都太普通，但就算明白我们都是普通人，也要活出一番不普通的样子，然后再有一些人陪伴，那就再好不过了。

愿你在这条路上有人陪伴，是我此时此刻最想说的话。不管那个人是不是我，或者暂时是我，都没关系。

10

我始终相信这个世界是美好的，因为我遇到了太多美好的人，正是因为这些人，让我不至于悲观到极致，也正是因为这些陪伴，让我觉得世界还没有那么糟糕。

这些人里，也包括了所有的读者和听友，包括你。

特别想对你说，要学会倾诉，学会沟通，学会传达给别人自己的真实想法，学会原谅、饶恕和忍耐，学会知足，还有分享。

每个人都走过许多的路，跨过千山万水，路过良辰美景，才会有更加美好的相遇。那些竭力盛放的生命，总有一刻会被永远记录下来，放置在最安全和最温暖的地方。

生活开始变得越发寂静。那些应该消失的人，都已经消失，那些要来的人，即将到来。

是了。是了。就是这样的一本书，就是这样的一个我。我将这几年的所有都交付于此，并且以我为载体，以时间为回溯点，与自己狭路相逢。

这便是我与你的最好的邂逅，我们尚未在去路上的一期一会。

很高兴你终于来了。
很高兴你终于懂了。

我，等你，

很久了。

这么远那么近

2015年8月31日 于北京清晨

唯一 的选择 是 面对

face up to the facts

...

..

.

THE VOLUME OF SILENCE

不喧哗，自有声

扫描收听有声版

01

今年的生日，我是在工作中度过的。上午在公司加班开会，商讨新的广告案，中午赶往电台录下一周的六档节目，傍晚又回到公司改文章，做最终企划，等到忙完才注意时间已经到了凌晨。打开手机看到许多未接来电和信息，很多朋友发来生日的祝福，这时我才察觉，这一年的生日就在这样与平日无异的忙碌中，过去了。

公司空荡荡的，没有人，只有我办公室的灯还亮着。长时间坐在电脑前肩膀酸疼，站起来的时候浑身骨头嘎嘣嘎嘣响，没有吃晚饭也不觉得饿，倒一杯水，站在办公室21层的落地窗前向下望，这个时候，自己的心里是不同往日般的平静。

整座城市都睡了，窗外远处的霓虹灯已经熄灭，只剩下星星点点的路灯在照亮夜归人的道路，世界安静得像是没有小朋友的幼儿园，但依然有人隐藏在这寂静的深处，放肆地哭，放肆地笑，也有人会和我一样，在浓雾一般的夜色里，平静地望着这个仿佛与自己无关的世界，心里有一片化不开的深情。

人是很奇怪的动物，会随着周围的环境或者天气而变化，比如晴天时会觉得开心，阴天会容易伤感，有阳光时会活泼好动乐此不疲，在夜晚时就会感觉孤独寂寞冷冷清清。

我就是如此，有时在周末的上午慢慢醒来，如果阳光通过厚重的窗帘透出来，心里就会有希望，愉快地起床，清扫家里，写文字看书。但如果是阴天，就会懊恼地把被子拉过头顶，一整天都可能赖在床上。这些在我们看来平常的事情，仿佛是内心的小把戏，用来蒙蔽自己，或是为一些行为找到一个适当的理由。

就像此时此刻，夜晚的路灯将黑暗戳出一个口子，照亮很小的范围，有人顺着光走去，但不久就会重新陷入黑暗，我看着那些反反复复的光影，不禁哑然失笑，这种矫情的细微察觉，像极了我们心情的起伏。那些黑暗，只有在遇到了下一个路灯，或者偶尔有一阵风吹来，才会漂浮不定，起起伏伏。在生日已经过去的这个凌晨，我有一种豁然开朗的感觉，独自站在办公室俯视黑夜中的这座城市，和白天是完全不同的感觉。白天会觉得城市在脚下，或者无法融入这里，而到了夜晚，更多的感觉是城市就在心里，它犹如鬼魅一般刺破阻碍，伴着你生，伴着你死，伴着你到来，伴着你消失。

我曾经想象自己像现在这样站在这里，但此情此景，我却没有想象中那般骄傲或是激动，因为我知道，无论在梦里还是在路上，总有一个时刻要醒来，也总有黎明在等待。

无论是一片坦途的光明，还是绝望寂静的黑暗，人总是不断向前走，你想到达到明天，那么此刻就不要停下脚步。

◆

世界无边尘绕绕，众生无尽业茫茫。

◆

02

前几日在群里和几位朋友聊天，说到一些内心的话题，大家打趣说：远近就是一副心理医生的做派啊，内心好强大。我在电脑这头笑了，这个世界上哪里有生来就强大的人，一切的一切不过是成长之后的领悟。我开玩笑地告诉他们，没办法啊，这都是让社会逼出来的。大家深以为然。

曾经我也做过许多荒唐的事情，为了让别人记住，为了和别人不一样，穿奇装异服，染奇怪颜色的头发，写不是自己想说但很特殊的文章，我一次又一次塑造着并非本意但却不同的自己。如今我才懂得，真正改变自己的，或是所谓与别人不同的，并非是那些刻意为之的做作，而是这个世界给予自己的艰难。

初中上社会实践课，被安排在街头卖报纸，隆冬时节骑车去郊外的工厂搬运，然后拉到街头叫卖，一块钱一份，买三份送一包牛奶。已经忘记摔了多少跟头，也忘记那时到底有多少辛苦，只记得那些来往行人异样的目光，还有就算是厚重大衣也无法遮住的寒冷，通红的鼻子和皴裂的手背。晚上回家冷得说不出话，写实践日记时忍住不让眼泪流下来。

大二时做各种兼职，做了许多工作，各种各样奇怪的工种我都愿意尝试，在电器城外推销冰箱，举着旗子顺着街道展示新款手机，在各个路口给行人塞广告传单。很多同学都诧异我为什么要做这样辛苦的工作，赚不到多少钱，也没有实际的工作经验，我都只是笑笑说，提早感受一下生活的艰难，才能知道以后的路要怎么走才会轻松。

大三开始在一家著名的传媒公司做兼职策划，现在电视上非常火热的一档娱乐节目，就是我曾经策划的雏形，熬夜写栏目策划，安排通告，给正式的员工跑腿买东西，做各种琐事……领导夸我办事认真又勤奋，我最初得意扬扬，但渐渐地我闻到了空气里变质的气味，而当我最终被排挤离开公司时，我清晰地听到了身后放肆夸张的笑声，也清晰地听到了自己咬牙切齿的声音。也曾经给一个摄影师做第二助理，深冬的夜晚陪他去酒店参加酒会，我穿着当时最好的衣服，却被他嫌弃地丢在酒店门口不让进去，我就在寒风中最显眼的位置等了四个小时，没有带钱，穿得单薄，冷得浑身发抖。后来同行的第一助理看我可怜，花了十三块钱给我买了一份牛腩盖饭，叮嘱我趁热吃。我蹲在酒店旁边的花池旁，就着冷风一口一口吃光了已经变凉的那顿晚饭。

毕业时有一份很好的工作机会，在一家杂志社做市场执行，起薪5000元，在我的同学还没有找到工作或者薪资只有2000元时，我已经把他们甩在了后面。我把它看作是对这几年大学辛苦兼职的报答，一路过关斩将过了三试，人事部已经通知我周一上班。我在上班前一天高兴地请同学吃饭，就在大家觥筹交错间我接到电话，通知我不用来了，已经有人替代了我。那个时候，我清晰地听到了心里“咯噔”一声。

那时我百思不得其解，匆匆赶往公司，求着见随便一个负责人都好，可是前台的姐姐正眼都不看我就把我轰了出来。市场部总监不忍心，偷偷出来见我，在建外SOHO楼下请我喝咖啡，跟我说了很多事情，包括我的工作。最后她说，你还是太年轻了，不谙世事，替代你的是公司最大投资老板的女儿，你又怎么能抗得过她？那时的我听到这样的话，痛恨自己的无能，更痛恨这个世界的不公平。

工作一年后的我被上海一家传媒公司挖去跳槽，工作顺利，人际关系也不错，但后来主编找我谈话，说愿意给我机会让我去更大的地方发展。我当时信以为真，可后来我才知道主编已经在人前人后说尽了我的坏话，说我欺瞒公司接私活，说我随便要求涨薪资，说了那么多我从未做过的事情。当时我们许多共同的好友从此和我断绝了来往，有一部分人后来和我化解了误会，而有一些，却带着这样深深的误解，从此远离了我的生活。

还有很多难以启齿的往事，那些都是我几乎不再提及的过往。在这样一个初春的子夜时分，在这个瞬间，在这座城市隐秘在黑暗中时，它们仿佛死而复生，点燃了我心里最后的一点不堪。我曾经不断安慰自己，那些我们所经受的痛，都来源于我们深深的爱。有人感谢苦难伴随前行，因为它让你成长，让你变得坚强。但是，曾经的艰难却更多地让我不断看清自己，有些事你当时遇到，未必会明白它的含义，只有在心里长久发酵后，才会呈现出不同的模样，一再地提醒自己。

我们的一天天，就这么矛盾而复杂地过来了。曾经，父亲对我说，你的人生可以选择，但你的内心不能改变，世界的一切也要接受。于是我学会了不去选择而去接受，在以前尚且年幼的时光里，我把它叫作世界或者是天地，而在经历世事蜕变之后，当那些艰难让自己变得坚不可摧之后，我叫它——人间。

所谓的人间烟火，就是这样一个可以时而温暖时而冷漠的词语；所谓的人间，就是这样一个时而光明时而黑暗的时刻。

是的。它们附着在我们身体的周围，缱绻而来。

03

有朋友曾经愤愤地问我，有人误解你为什么不去解释？本属于你的东西被别人夺走为什么不去抢回来？你是傻子吗？

也有朋友问我，为什么我努力了那么多，却没有人知道？为什么我做了那么多事情，却总有人不满意，我到底是哪里做得不够好？

曾经我也是这样，我也羡慕别人的拥有，我也觉得自己不被理解，我也在乎别人的眼光，我也尝试去报复和怨恨，我也会对自己说他算个什么东西，我也会用尽全力去证明我也可以。

有人诋毁我就言辞激烈去辩驳，有人误解我就气急败坏去解释，有人不喜欢我就去质问到底为什么，有人辱骂我就用更加恶毒的语言去回敬。我努力过，放弃过。我也有许多黑暗的心理和情绪，也曾在心里记恨一个人，也会恶毒诅咒这个社会，也会在高压力下无力。我的确做过许多现在看来无法理解的事情。

没错，我曾经活生生把自己变成了自己最讨厌的那种人。

这没有什么不敢承认的，我只有承认了过去不完美的自己，才能走向更加好的自我。一位前辈后来告诉我，不要这么着急，去学学心理学，看看佛经，读读古书，让自己平和下来，带着锋芒去行走，会刺痛别人和自己，只有收敛起自己，才能发光。

在不断学习、往内心探寻和自省之后，我终于明白，这个世界不会因为你的付出就必须给予回报，也不会因为你以怎样的方式对待别人，就要求他人同等对待你。人活在这世上，最难的就是保持一份谦卑和平和，而这份谦卑，来源于内心的真诚和踏实的努力。

所以，不要试图去解释这个世界上任何的误解和扭曲，存在的都是真理，任何人的成功，都不是虚头，他们一定付出了你没有想到的努力和代价，才华、机遇、运气、努力、外貌，甚至是不光彩的事情，都存在，没什么值得怀疑。

每个人都不是你所看到的那个样子，他们都是这样，一边是长着翅膀纯洁善良的天使，一边是拿着夜叉面目狰狞的恶魔。他们心中的脆弱和胆小，他们不想承认的虚荣和懦弱，都躲在了那些光鲜之下。他们也有潦倒的时候，他们也看过人间的疾苦，他们也会在选择前犹豫，他们也曾愚蠢地放弃机会，他们也在对自己的下属横眉冷对时，突然想起曾经也有人这样对待过自己。

这么多年过去了，我过上了自己想要的生活，在别人看来已经春风得意的自己，更要承认自我的卑微和浅薄，更要直面自己曾经的不堪。只有当你看到黑暗，努力冲破它，才会进入新天新地，发现不一样的自己。

这个世界本就邋遢，所以没有什么可怕的，每个人都有无法发泄的苦涩，都有无力排解的抑郁，而生活在这里的我们，哪一个不是拼尽全力，甚至不择手段地活着?

这些年，我已经逐渐学会接受，接受意外，接受变故，接受误解，接受努力却暂时得不到回报，接受这个世界的残忍，接受我们身上的那些残缺。我们无法改变这个世界，但我依然选择不妥协，我还是让自己努力去爱，去为自己心中所想不顾一切。因为只有这样，我才能感觉真实，会快乐一些。

如果生命把本属于我的东西拿走，一定是认为我还没有足够的资格拥有它；如果有人会因为流言蜚语误解和诽谤自己，那么这样的人远离也是好事。是我的，终归是我的，不是我的，再去争取也会灰飞烟灭。何必呢，还是默默在角落做好一个旁观者，顺其自然，随遇而安，好好过自己的生活。如果生活伤害了你，也不要灰心，人生必经的道路必定是多磨难，但我们依然要按照自己的方式去经历、去感受、去接纳，为它曾经给予我们的那份优厚，为它曾经给予的泪水和温暖。

《开头与结尾》里写，真实人生中，我们往往在大势已定无可更改时才迟迟进场，却又在胜败未分的混沌中提早离席。是啊，一切尚未尘埃落定成败不明，你又为什么心甘情愿做那个放弃的迷失者?

曾经我怀疑过，痛苦过，犹豫过。而现在，我选择原谅曾经，原谅了过去的自己，我学会把这一切，当作成长。

懂的人始终都会懂，不懂的始终都会误会。这是我对朋友最后说的话。

A
POEM

04

当走过了曾经隐忍的年月再回首时，我才发现，曾经觉得难以启齿的往事，都不过是沧海一粟。生命给予我的，不是那些艰难，而是成长，是学会举重若轻，是将曾经无法释怀的那些过往，统统放下。

你要相信，你生命里遇到的每个人每件事，都有它的价值和意义。有些人教会你爱，有些事教会你成长，哪怕只是浅浅地在你的路途中留下印记，也是一笔难能可贵的财富。至少在曾经某个时刻，你明白了生活，你懂得了自己。这个世界如此热闹，网络上无数人轮番轰炸，有人爱发图，有人爱段子，有人爱吐槽，有人爱自拍，他们活得热闹光彩，但也会有人和我一样，顺着自己生命的姿态在默默成长。他们或许与这个世界格格不入，他们或许不再接受关注，但请你记住，他们和你一样，都拥有向上的力量。

在我不同的成长阶段，我对努力所达到的高峰有不同的答案，现在我觉得，我们通过努力，是为了让人真切感受到你的真诚，并且给予这份真诚一个默许的认可。而更为重要的是通过努力，不让这个世界改变你的初心。人越长大，初心就显得格外珍贵。此时此刻，做这个世界里一个背光的人，是我想做的。有人说要做一道光，有人说要面对光，但我却想做一个背光的人。如果自己发光，尽管会照亮他人，但也会不小心迷失自己。如果面光而行，尽管会灿烂光明，但也会因为耀眼而看不清前方的道路。只有背对着光，才能够看清这个世界，才能把得失成败看透，才能看懂自己真正想要的是什么。我想起现在很火的一句话：这样的努力，是因为不想和大多数人一样。这样的正能量凸显出个体的存在和特别。但我却不是这样的看法。我对朋友说，我之所以今天努力，是为了和曾经的自己一样。

曾经的自己拼尽全力在路上，为了自己心中的梦想而活，曾经的自己咬紧牙关勇敢坚强，为了自己所想的生活而活。而我今天的继续远行，是为了不辜负曾经的自己，是为了做和曾经一样努力的自己，是为了对得起曾经的那份隐忍和坚持。这个世界，什么都可以安排，唯独你的心。这个世界失去谁都不可怕不要紧，唯独失去了你自己。以后还有很漫长很漫长的道路，都要一个人走完，都是靠自己，凭借自己的能力去完成。这条道路，故事是昨天的瞬间，沿着长长的路，恍然如梦，到永远。如果开始没有认真考虑如何走下去，那么就继续顺着内心的道路，做那个对自己慷慨义无反顾的流浪者，让每一个想扮演自己的人，都尽兴。

这座城市已经渐渐苏醒，白光占据了城市里每一个角落，没有人会想到在曾经的黑暗里，有人写下一些话语，告别了曾经的时光，也有人在无人的黑暗中满怀一颗感恩的心。这个世界，总有人以你没有想过的方式活着，也总有人为了自我的成长背光而行。

一个难得晴朗的清晨，工作了一夜的我开车走在回家的路上，无数人正在上班的途中。他们和曾经的我无异，也和现在的我相同，他们上班的路那么拥堵，而我背道而驰，却难得的顺畅。我挤过人群，我留下空白，我为自己的未来填补出不同的色彩，我在自己生日的第二天，在新的纪年里，默默告诉自己，要做一个依然有担当的人。这份担当在今日又化为了空白的信笺，要写下什么，留下什么，请自便，请随意，但别忘记。别把一切想的都特别的不得了，别以为所有的目光都聚在你身上，别用你的尺子去衡量这世界，这样你会觉得生活也挺好。

我想起了曾经做过的一个广告文案，在最后送给看到这里的你，永远不要忘记自己出发时的决心，也不要忘记曾经这时节里的每一个自己，要做不忘初心内心安静的自己——

这个时代，每个人都在大声说话，每个人都在争分夺秒。我们用最快的速度站上高度，但是也在瞬间失去态度，当喇叭声遮盖了引擎声，我们早已忘记，谦谦之道才是君子之道。你问我这个时代需要什么，在别人喧嚣的时候安静，在众人安静的时候发声。

不喧哗，自有声。

如果这世界上真有奇迹，
那只是努力的另一个名字。

生命中最难的，是你不懂自己

01

前几日和许久未见的表弟吃饭，他依然是那副不太精神的样子，看着盘子里那一大块肉发呆，我问他有心事吗？他愣了一会儿说，我不知道自己该怎么办。

表弟比我小六岁，高中因为成绩不好学了艺术体操成为体育生，高考成绩一塌糊涂没办法上体育院校，只能在西安一家大专学习动画设计。毕业回到家乡做过几份工作，在超市里推销过产品，在小公司做过文秘，为雀巢做过校园活动，但大多无疾而终，后来有了一个志愿者的机会，南下湖南成为机关里的临时行政人员。

这就是他可以写进简历里的学习工作历程。吃饭的时候我问他，你知道自己最擅长什么吗？他想了想，不知道。我又问，你知道将来你想做什么吗？他说不知道。我接着问，那你有什么梦想和目标吗？他说不知道。我说，如果你有了想法你知道该怎么去做吗？他不耐烦地说，哥，你别问了，我不知道。

一顿饭吃到中间就僵持在尴尬的气氛里，表弟把薯条和番茄酱搅拌在一起吃得咬牙切齿，我想他有点不开心，想来我和他从来没说过这么严肃的话题。后来我声音低低地说，你要有一个目标，你要懂得自己啊。

表弟重重叹了口气，说我就是不知道自己想要的是什么，也不知道该怎么做，我觉得我就是什么都不会，就做个什么都不会的人吧。

我又生气又无奈，有句名言说这个世界上本没有路，走的人多了，也便成了路。按照现代含义或许可以这样理解，这个世界上的路永远都是自己在走，如果你看到了路却不去走，最终只能在原地徘徊。如果路都没有看到，那就会一直陷入迷局中无法自拔。

后来我问表弟，那这样子你甘心吗？他用力摇摇头。

02

几年前一位朋友对我说，他宁愿终日浑浑噩噩过日子，也不愿意去接受看似没有结果的挑战。他觉得自己没有才华能力不高，只是一个普通人，想做的事情不敢做，因为看不到尽头，如果没有结果，那么就宁愿不要开始。只是这样的情绪无法排解，郁郁寡欢。

那时我几乎找不到可以反驳的理由，但是当我也走过了同样迷茫困顿的日子，我才觉得这样的话只是借口。先不去谈论那些远的、高大的、了不起的话题，一天天过生活的不是我们这些旁观者，而是你自己，一天天成长的也不是旁人的帮助，而是你自己，一天天看到未来的也不是旁人的眼光，而是你自己。先谈谈自己，你究竟想成为一个怎样的人？

如果你想做一个普通人，那么就去做普通的人；如果你想成为更好的自己，那么就勇敢踏出第一步。拿着自己普通的条件去想着更好的未来，然后无法从普通的概念中挣脱出来，再一味强调自己的平凡，本身就是自相矛盾的论题。想做更好，就去做，别去想。如果只是永远停留在不甘心的情绪当中，那不如就放下那些高远，成全自己的现在。

我想，努力奋斗的意义，绝不仅仅只限于赚钱，或者是博得社会的认同感，还包括了自我价值的体现，而最直接的，就是抚平了你的这份不甘心。

总有一天我们会明白，与自己相处是一件很不容易的事情。梦想和现实永远都是站在相互对峙却相互平衡的立场，最需要做出努力和改变的，唯有自己。

我和很多年轻人一样，漂泊在他乡，之所以能够接受这样的日子，说是为梦想，那只是最高的精神支柱，其实是心比天高，不甘心就在狭窄的空间里度过一生。那些和我一样的年轻人，不过是为了给自己的内心一个答案，给往日的那份困顿情绪一个解脱。

不管我们现在处于哪个阶段，你都可以把自己变成一张白纸，既然是空白，就不怕任何的尝试和失败。我们有的是机会开始，只是不要摊开这张纸却无从下手，不要还没有开始，就急着结束。

03

努力的结果会带来什么我们不得而知，有时就是一次次的失败，有时就会渐渐地走向成功。失败的原因可能是努力的方向不对，但更有可能的是，你不知道自己努力的方向和那个目标是否正确。每个人都在路上，每个人看似终日朝九晚五，但在这路上，只要你不停下脚步，那么所谓的成功，就会在不远处等着你。

至于功利和回报，那不是应该考虑的重点，远远不及这过程当中所带来的充实和享受。虽然在看到成绩时我们会兴奋和激动，但我们应该懂得，这份结果是我们无数次的努力和奋斗换来的。如果我们的努力是为成为一个更好的自己，哪怕退一万步讲就是为了功利，那又为什么不去开始呢？如果我们为了那个目标，踏出了第一步，谁又说那不就是我们对过去的选择和勇敢的一份结果呢？

凡事都要一点点做起，如果不做，那么就会永远在你的想法里疲于纠结；如果不去努力改变现在，那么你的明天，就会和现在一模一样，甚至更糟。

生活可怕就在这里，一个人如果安于现状，倒也罢了，怕的就是苦于内心的不甘心，但却不愿意改变，到最后现在的日子过不好，未来也岌岌可危。

不知如何去做，或者做到中途就因为种种借口回到了起点，那么生活就会陷入一种尴尬的处境，让你在不上不下之间烦恼，陷入自我的怀疑和否定，但这其实归根结底不是你的能力问题，而是心态。

心态的转变是改变自己的第一步，如果盲目地去跟风和实践，到最后只能活得很累，只有真正扭转了自己的意识，才会心甘情愿去做那些自己从未尝试的挑战。

如果明明想要改变自己，但总是卡在幻想中无法自拔，明明付诸努力却又被迫改变，那么生活就会告诉你，一切都是错误，需要重新再来。

而到了那时，你就会发现，被架于空洞想法和残酷现实中间的自己，早已经没有了当年的心力。

你明白，

曾经的风风雨雨不会白白到来和离散，

它一定会在你的人生里留下痕迹，

成为你的盔甲，和你一起冲锋陷阵，勇往直前。

04

我曾经看到一篇文章里写，这个世界上从来没有不可走的道路，也从来没有不可达到的目标，只要你实际地去想，实际地去做，你就会成为更好的自己，哪怕现在你想要达到理想中的高度真的很困难，但起码你有去攀升，那么距离就会一点点接近，但如果你只是仰望和感叹那高远天空，那么，你永远都只能抬着头去望，永远不可能接近它。

我们都是这样子，眼前的一切不忍放弃，未来的种种却总想不劳而获，这样子的情绪就会让我们忽略了现在的行动，而只是观望未来种种美好的假象。任何人的成功都不是凭空得来，任何人的道路都不是一帆风顺，你现在看到的所有成功人士，在他们荣耀的背后，哪一个不曾经历过那些义无反顾的勇敢和坚持？

人活着不是为了那些所谓的成功，真正意义上的成功就是顺从内心做自己。

脚下的路只有你一个人去走，你走得越远，你看得越广，那么你就越成功，成功没有尽头和终点，而是你如何探寻走在这路上的过程。当你放下你的偏执和迷茫，开始迈出第一步，那么你就是成功的，以后的道路，只是丰满了这份成功的介质，加深了你对自我的完善和历练，成为了你心中的自己。

我们在青春里耗尽了心力去追逐自己的梦想，去规划自己的道路，难免会有迷茫和困顿，这都不要紧，二十多岁拥有的就是年轻，你还有大把的时间去想你想做的事情，你还有更多的机会去挑战、去失败。如果你认为自己的梦想根本无法达到，那么就换一个更近的目标，一点点去接近那看似虚无的梦想。

没有实现梦想不可惜，没有达到自己的终极目标不遗憾，但你应该努力让自己问心无愧。因为只有这样，你才会在未来的日子里获得比社会认同感更加重要的东西，那就是你内心的踏实和无怨无悔，那是之后你在漫长人生道路上的财富，是你面对以后所有困难和阻隔的勇气和力量。因为你知道，你曾经为了梦想而努力和做出行动，你就不怕再一次迎接生活的艰难，你就不会因为那些突如其来的困苦而措手不及。

05

谁都不知道明天会发生什么，谁也不知道未来有什么在等着我们，如果只是想着可能出现的最坏打算而不准备开始，那么人生中可以成功的机会也会和你擦身而过，而当你看着旁人一点点发出的光芒，就会后悔曾经的停滞甚至是退缩。

一个人，不怕将来后悔做过什么，而是怕后悔没做什么。

是的。挑战不可怕，困难不可怕，失败不可怕，这条道路上的一切都不可怕，可怕的是你因为这些所谓的可怕而迷失了自我。这百转千回的路途，无非就是和自己的内心、和曾经的自己来一场战争，最终打败你的是自己，你的对手不是别人，永远只有你自己。

生活好似一个皮球，你拍它一下，它才跳动；你怀抱着它，那么它永远只能沉睡在你的意淫里。如果不去逼自己，你根本不知道生活会给你带来什么惊喜，世界再精彩，别人再成功，都和你没有关系，你只有做自己，去你想去的地方，走你想走的路，生活才不会刁难你。有些事情不要再去无谓地想，而是该好好思考，下一步应该做什么。

也许你要的未来还远在天边，也许你一直跌倒困难重重，也许你已经努力但毫无进展，也许你所看到的现实和你期望的那个未来相差甚远，但是只要你懂得自己，并且勇敢做出选择和决定，就算别人无法理解不能认同，就算那个未来依然无法抵达，你都可以始终活得充实而踏实，因为你知道，你一直都在路上。

只有这条道路上的经历才是最宝贵和有用的，也只有经历才能够让我们真正明白这个世界，明白自己。我们都应该去经历一些从未见过的人事，在这途中我们会遇到很多事情，有的刻骨铭心，有的烟消云散，但是在这路途中，当你明白了自我勇敢，那么即使回首，你也不会后悔曾经的开始。真正让我们难以忘怀、深怀感恩的，绝对不会是路上的苦楚和风雨，而是最初那个不顾一切清醒勇敢的自己。

这个世界上与自我有关的事情，一是找到一条适合自己的道路，不用瞻前顾后，不必好高骛远，只是心里清楚自己想要的是什么。二是勇敢去做，如果想成为怎样的人，你就要去亲自经历，只有走出了脚下的每一步，才能看到下一刻你所想要的风景。三是记得要坚持，好走的路上风景少，人少的路途困苦多，属于我们的终究有限，只有认定了它，勇敢去走、去坚持，才能够度过前面漫漫的黑夜，收获微光的黎明。

我对表弟说：不知道想要什么就回到你的起点，想想曾经的道路，与内心中最本真的自己对谈，找到曾经的出发点。不知道怎么做，就慢慢梳理你的想法，按照一切可行的方式去一点点计划和安排。而当你有了自己的计划，就去坚持和努力。这个世界没有免费的午餐，更没有不劳而获的未来，只有你明白了自己，才能去明白这个世界。

你要清楚你的道路不是任何人可以替你打算和安排的，你要明白你不是任何人的翻版，也不是别人的替代品，你只有真正做自己才能活得踏实和快乐，你也只有真正认清了自己，才会明白自己需要什么。

尼采说得好：对待生命你不妨大胆冒险一点，因为好歹你要失去它。如果这世界上真有奇迹，那只是努力的另一个名字。

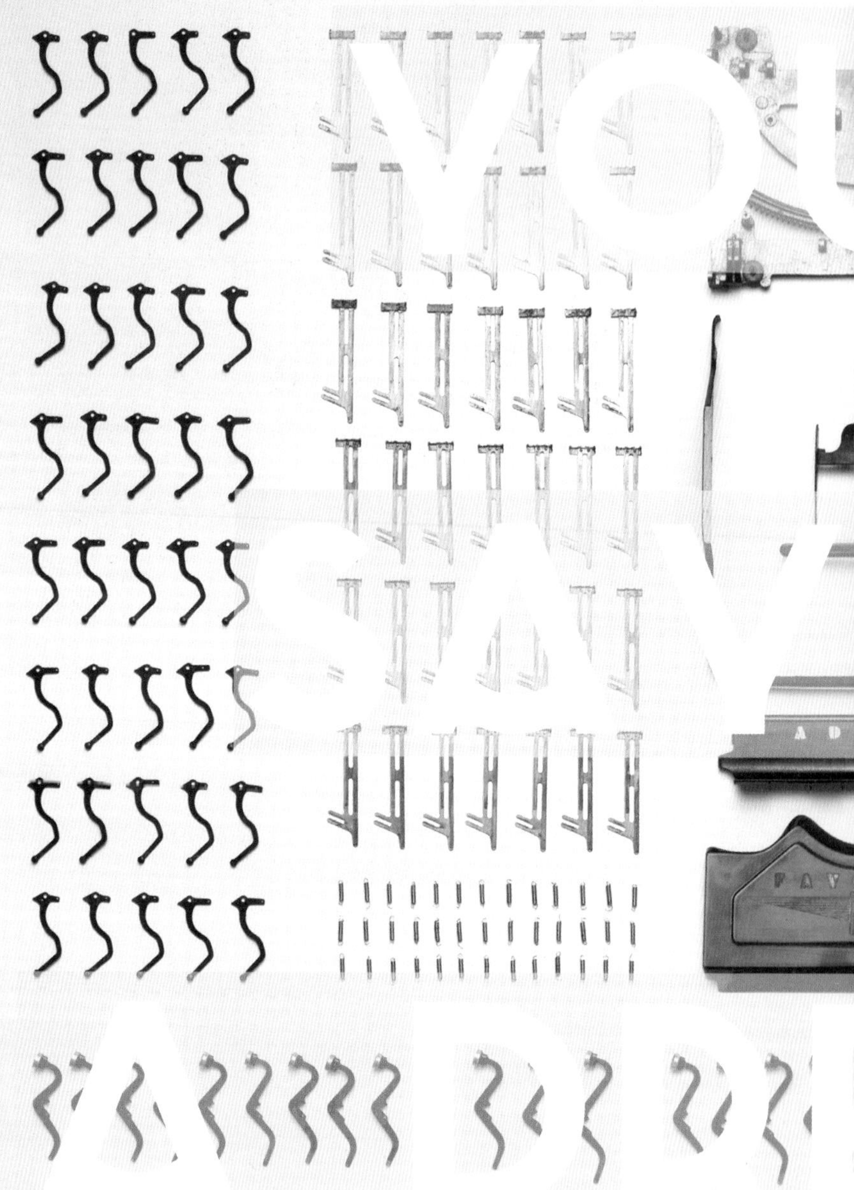

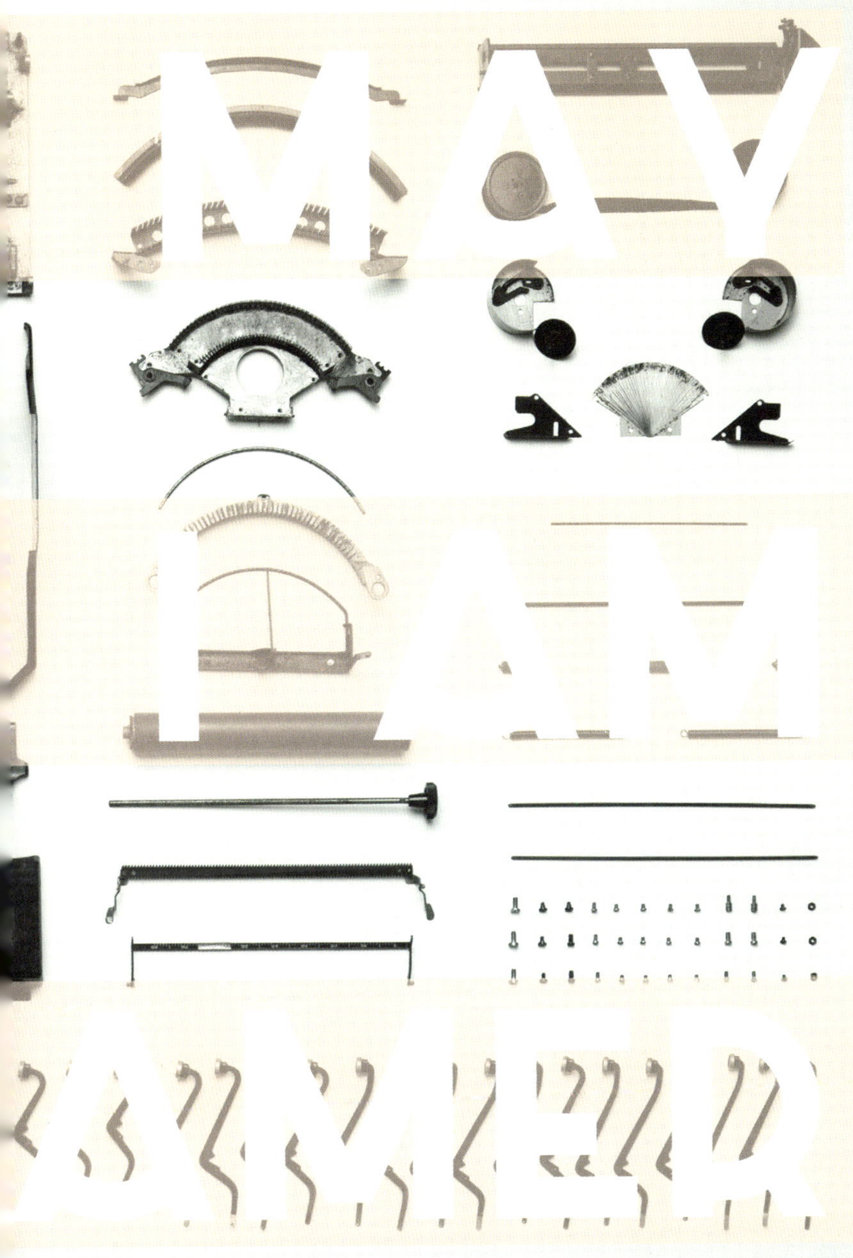
MAY
HAM
MED

别
想太多，

没
什么用

扫描收听有声版

九月初我重新开了新浪微博，开放了评论和私信，一时间收到许多朋友的留言，每天半夜我都在回复许多陌生人的问题，其中绝大部分是在讲述自己的困扰，诉说自己在学习、工作和感情中遇到的问题。

有时我会不太客气地说，收起你的自哀，没什么用。有人也会回复，为什么我看了那么多励志美文，还是没办法过好自己的生活？我说，“鸡汤”不管饱，还不如出去吃一顿好的。

首先我必须要讲，过于陷入自我的情绪中无法自拔，无论好坏，其实都有一个同义词：浪费时间。

很多人都有这样的感受，比如深夜工作结束，没有赶上末班车，独自一人走在空荡荡的马路上，没有空车，手机也没电，看着两旁高耸大楼上闪烁的霓虹灯，或者望着陌生住宅楼里的万家灯火，一时间就会有诸多平日里不会表露出的情绪，甚至会眼眶发红，找不到存在感。

存在感这回事，是扎扎实实存在的，在某些特定环境的驱使下，人内心的虚空会急速膨胀，无论是多么成功富有的人，都会有自我的软肋，觉得世界容不下自己，觉得内心无力，而这种平日里最为防备的东西，就会一瞬间攻破防线。

我同样也是如此，作为写作者，出现自我情绪的膨胀是常事，夜晚的独处会让某些矫情的念头泛滥成灾，陷入自怜的情绪中无法自拔。感叹逝去的时光，感慨离开的人，惋惜曾经的逝去，然后打开电脑记录，写下一篇篇文章，再被同样感同身受的人看到，从某种程度来讲，这份自我情绪的传递，同样是自怜的扩大化。

前几日见一个朋友，她和我分享了同样的话题，出差在外地，工作棘手，恋情也不顺利，深夜坐在充满着异味的大巴车上，看着一座陌生城市的车水马龙，脸贴着玻璃，会觉得特别难过。有时也会在类似的环境下出现这种感受，比如阴天、生病等。总而言之，只要是无法顺应自己的时候，情绪就会雪上加霜提醒你：你是一个人，你无依无靠。

不知道你是否有这样的体会，当你每天都处于忙碌时，会感觉时间过得很快，精力充沛，尤其是在做喜欢的工作时，更是像装了永动机一样充满正能量。可当你开始闲下来，无聊地打开手机翻微博看朋友圈，或者一个人发呆，那些情绪会马上渗透进脑子里，让你乱了心神。

有一个关于忙的段子。忙是治疗一切神经病的良药，一忙，也不伤感了，也不八卦了，也不撕×了，也不花痴了。平静的脸上无怒无喜，看过去只隐隐约约地写了一个“滚”字。

所以，很多人问我解决的办法，我都是简单地说，找事情做，让自己忙起来，会好很多。但实际上，时间是中药，吃得久了才见效，忙是西药，立马见效，但副作用大。做很多事情并不是要抑制无用情绪的蔓延，而是让你在做事的同时，学会控制。一个对周边和自我有控制力的人，包括工作、情感、情绪，都会对自身起着积极的作用，但丧失了自我的控制，变得盲目和随波逐流，就会陷入情绪旋涡中。

朋友在和我谈到这点时说，自己也想过要控制，但总是力不从心，内心没有一刻平静，总是翻江倒海胡思乱想，还有更多时候不知道要做什么，眼前明明有一堆工作要处理，可也懒得去做，没有头绪，任凭自己去发呆去放纵，之后也会懊悔，想要改正，但无济于事，自我意志基本处于瘫痪的状态，还白白消耗了自身的能量。

我问朋友是怎么解决的，她说去看文章，看了许多励志的文章，大多都是满满的“鸡血”，告诉你人生是美好的，生活是光明的，应该挺起胸膛好好做人做事，不要怕前路坎坷，怕的是自我萎靡，诸如此类。我问有用吗？她点点头，暂时有用。

我笑了，能坚持多久？她叹了口气，也就一两天，你说这是我的问题吗？还是那些道理不对？

我摇摇头，道理没错，你只是错在了依然停留在念想里。现在人们大多诟病的鸡汤文，之所以被说无用，就是将世界上的道理变成了唯一化和条框化，通过高大上的论述告诉你世界完美无恙，但大都点到为止，没能解决实际问题。

朋友说赞同，我看了之后当时觉得元气满满，可是几天后就颓了，不知道怎么做，所以我就去找一些自我管理的书去看，可是也没用，总觉得不合自己的口味，指引不了自己。我说，“鸡汤”和攻略一个是直接告诉你道理，一个是告诉你技巧，然后让你明白那些道理。一个是目的，一个是手段。道理永远不变，可人在成长，当我们经过了诸多之后成熟长大，某些道理早已明白，不用再反复灌输。其实是你长大了，怎么能责怪那些道理一无是处呢？朋友问，所以我在浪费时间吗？我点点头，很大程度上来说，是的。

自我的控制不在于控制情绪的好坏，任何事情都有两面性，如果能够合理分配时间，减少一些无用功，就会感觉自我的效率倍增，然后加上道理的灌输和积极向上的心态，当然会感觉身心愉悦，自信心也会提升。朋友苦恼地说，我不知道怎么做啊，感觉太难了。我说，不难，别想太多就行了。我和朋友说了我曾经的经历，之前我有将近半年的时间都处于情绪的支配下，感觉世界抛弃了自己，感觉没有人理解，感觉梦想正在远去，然后开始自暴自弃，终日无所事事，看了诸多励志文章不管用，读了许多攻略又不切实际，同时又为自己的这种堕落懊悔不已。在那段时间里，我几乎变成了另外一个人，一个连我自己都不认识的人。

但值得庆幸的是，我及时认识到了这点，我了解到自我的狭隘和浅薄，之后便开始学习心理学。在学习的过程中，也不断往内探寻自己，开始察觉到自我接受和排斥的比例，并且顺应情绪做出调整。这时的我，就会变得愈加清醒，从而学会了控制自己。

我对朋友说，首先你要察觉到自己正处于这样的情绪中，无论是悲观消极的自怜，还是满满元气但却无作为的“鸡血”，都是不好的。认识自我是最重要的一点，察觉自身的变化是控制的第一步，并且更加容易抛开这些情绪。

情绪的来去都有缘由，或许是一件事，比如失恋、失业等不顺利的现实，明白这个源头才能看懂它如何来，才能知道自己的这份不正常的情绪有如何的状态，并且了解它是否会影响自己的正常生活。另外，自我鼓励是控制的基本，自信心的建立是在现实将你挫败后最应该做的事情，如果你没有条件去做心理疏导，那么自我的鼓励是非常有益处的。没有人会一生一帆风顺，人生本就磕磕绊绊，被现实打败并不要紧，怕的是从此一蹶不振。

老话说，一鼓作气，再而衰，三而竭。任何的鼓励都不能过于持久，因为它依然停留在表面和情绪，正如你看鸡汤，最多只能看两篇，足矣。太多的道理灌输会麻木自己的神经，从而让你无意识地高看自我的能量，渐渐变得狂妄和自大，并且不会落实到行动上，结果空想便成为了每日主题。

我建议去做一点小事培养自我鼓励，做一些力所能及但曾经没有做的事情，比如运动，或者培养新的兴趣爱好。人会因为这些新鲜而简单的事情重新产生正能量，听音乐、看书都是不错的选择。如果开始比较艰难，可以循序渐进。要知道，你所做

L E T I T B E

的事情，不为完成你的工作，而是拯救现在颓废的自己。

虽说现在“鸡汤”已经快要成为一个贬义词，但是“喝”点也无妨，人终归是需要正面的情绪，快乐最重要，但快乐不是停留在纸面上的说教，而是你在日常生活中扎实感觉到的。良好的生活习惯，规律的作息时间，有条不紊安排每日的学习和生活，都是加大对自我控制非常有效的办法。

但我不反对自怜和发泄情绪，自己在反反复复的情绪中排解，或回忆，或感伤，或埋怨，或悔恨。但要适度调整，及时脱离。这种情绪的蔓延不宜太久，一般一周左右，如果太久就会失去自我，被那些已经过去的事情控制，那时才是病入膏肓，想要摆脱就来不及了。

当内心烦躁不安时，我们的心就会完全被周遭所吸引，会因为一草一木的变化，会因为晴天阴天的变更，不断影响自我的情绪。其实这些不外乎是外在原因，根源在于自己的心不静。世间一切万物各有其生长规律，我们也同样如此，关注内心，要比关注外在重要得多，一个平和的心态，就可以提高自我的专注力，并且学会控制自己。

人是需要一点力量的，我们不可能控制一切，但我们可以掌握自己，人的伟大和渺小就在于自身的意识范畴。当我们在无法控制之前，先要学会面对，在面对后要勇于突破，并且改变现在的处境，失控可接受的范围应该尽力被压缩到最低。你的人生应该在你的手中，你是舵手，不然你想让谁来走完你的道路？从今年5月开始，几个朋友会在每个周六早晨来我家，大家坐在蒲垫上进行冥想和静态瑜伽，我会在其中加入心理催眠，播放舒缓的音乐，点燃檀香，并且用语言引导大家进入我所规划的场景，加入心理催眠暗示，让大家在深层次潜意识内进行放松，收效不错。

朋友依然有些疑惑，这些我都知道，我也想改变，方法我也学了，可就是动不起来，总觉得执行力大不如前。

我说，一个自我都无法控制的人，注定会成为最大的输家。如果你愿意输，那么你可以继续下去。但如果你想你的生活更好，你想遇到更好的爱人，那么你自己首先要变得更好，先让自己，配得上你对别人、对这个世界的期待。

所有道理中的光芒，畏惧中的肃穆，空虚中的焦躁，错失中的悔恨，不过都是幻象，唯一真实的，只有当下的自己，你的行动力。

别光想，去做，踏实去做，抓紧去做。你的自怜自艾，你的鸡血元气，最终如果都没有落实到行动上，那么也只是一个精神残疾的人。如果自己都不懂得如何变好，也不会照顾好自己，那么此刻的身心疲惫又有什么意义?

做比想要重要得多，迈出第一步，你所见到的风景，要比你想象的更加美丽。

最后，特别想和微博上找我咨询的朋友说，咱不管什么时候都要明白，没有什么是应该的，没有什么是必然的，人活着舒坦就好。与其总是自欺欺人，不如学会坦然接受，在你拥有更好的之前，要先有接受失去的能力。

别想太多，真的，没什么用。

扫描收听有声版

每日我说·关于生活

重　逢

那些从前未遇到过的责任和担当，

会有一种对未知可能性的茫然和害怕。

一面有好，一面有坏，一面是光，一面是暗。

想念和自我

每一个日子，都是想念的时刻。

习惯了你的炽热，习惯了你的庞大，
习惯了你的雀跃，习惯了你的隐忍。

IF YOU
NEVER
TRY
YOU'LL
NEVER
KNOW

DATE
1/4 11:55 a.m.

不再

我开始慢慢觉得我们没有想象中那么坚强，我们也没有那么强大的抗压能力，其实我们很脆弱，有时甚至不堪一击，明明觉得什么都会过去，什么都来吧，我们无所畏惧，而当暴风雨真正到来时心里却会有巨大的恐慌。不管我们外表装作多么镇定，内心的感受却无法自欺欺人。有时我会想，记得和忘记永远是陪伴自己的伙伴，是随时要做的选择。

你拥有了记得，就会舍弃忘记；你选择了忘记，那么就不再记得。当有人离去时，是选择记得还是忘记，有时归于冲动，有时则在情理，永远不是对于自己和他人最好的包票。电影里讲：活着是一种修行，或者你一直都在将错就错。

DATE
1/9 10:00 a.m.

冰冻

今天有朋友来和我谈心，说幸福根本无人给予，说自己的不如意，我默默地听着，不言不语，任由他发泄。在他离开后我想，其实幸福是可以自己去找寻的，无论你在哪里，处于怎样的位置，在世界的某一个角落，在某一个时期，我们都会享受到幸福。哪怕我们现在正在经历着各种各样不好的事情，哪怕我们认为自己是多么不幸福，但在别人眼里，我们都是幸福的，因为我们拥有别人没有的东西。

你要学会比较，学会用另外的角度去看待你的不幸，或许“柳暗花明又一村”，你得到的会更多更多。这些是经历，或者是成长，你应该庆幸你拥有它。

DATE
6/27 06:45 p.m.

迷 恋

生活并不是用来回首和妥协的，你退缩得越多，能够让你呼吸的空间就会越小。你也不要想着去将就过日子，这些都是一种逃避和懦弱，一个人如果表现得越卑微，那么幸福就会离你越远。你可以回首自己的过去，让自己感觉安心一点，但生活在此刻的当下，还是要争取自己的幸福。

没有必要把自己摆得太低，有些人事，无需刻意就会是你的，而有些也不必一再忍让，你要有自己的原则和底线，这才是真正的生活。

我去了一些地方，给我留下的印象，只有缓慢，好像在那里生活的人们不知道外面的世界发生了怎样的变化。他们只是生活在一个自己幻想的社会里，每天日出而作日落而息，活动的范围就在自己的周围，时间在他们的心中不是必须追赶的事情，但他们自得其乐。

简媜在《梦游书》里写：文字是我的瘾，梦游者天堂，只有在文字书写里，我如涸鱼回到海岸，系网之鸟飞返森林。我想，生活也是如此吧。一道道沟壑，填补了之前的土路，但却又裂开了一条条新的疤痕。

1月28日 09:10 p.m. 复得

2月11日 10:00 a.m. 留下

不会忘记生活就是我们最大的难题，别人的生活我们或许无法去猜测，但直面自己内心的那份担当却需要足够的勇气。你扛起什么，或许不自知，但丢弃的却是毫不犹豫。人生真正的妙处在于无常，而在这无常当中能够直面自己，坦然自若地面对那些失败和瑕疵，其实也是一种伟大，生活才会愈加真实。

想起在童年时，那时的一切都是陈旧的、乏味的。家里条件并不是十分宽裕，但感觉却比现在更加好，人们每天劳作，辛苦工作，只有一点微薄的薪水，但是感觉快乐。现在家里富足了，却依然觉得会空虚，或许我们都是不知足的，正是这种一得一失的感触，让我格外珍惜现在所有的一切。总之，要有不平静的生活，但你要拥有值得珍惜的事情。

2月19日 11:20 a.m. 打扫

生活是需要勇气的，若要直面，就必须经受生活的严刑拷打，接受时间的漫长考验，接受生活的种种无奈，还要拒绝那些诱人的不属于你的诱惑。生活和爱情一样，都是没有保鲜期的，长久以往，都会归于平淡、归于沉寂。在捍卫生活的战斗里，我们或许会伤痕累累、身心疲惫，也许也会弹尽粮绝、寂寞无助，但只要我们还相信自己，相信一切自有章法，来去互为因果，那我们就会心中充满着信仰地活下去。

其实，生活无处不在，你接受了它、相信了它，也就是相信了你自己。

得～失

24 / FEB. / 06:00 / A.M.

生活的容量就是这么大，拥有好似一把火，失去就是烟。你点着了火，就会伴随着烟。你得到了一些，或许就会失去一些。但要知晓自己的位置，体悟自己的存在，抓住自己的拥有，明白自己的所得。成与败，不是你知道多少，而是你做了多少。如果不知道自己想要的是什么，就算拥有它也毫无知觉。

而痛苦则是磨砺意志最好的工具，它像是一块坚硬的磨刀石，能把你的意志之剑磨得更加锋利；它也或许是智慧的催化剂，能让你的心灵果实更加成熟；它也可能是一块绊脚的路障，你要把它跨越过去，让它成为你成功道路上的垫脚石；它也许是一颗苦涩的果实，你把它放在人生这杯酒里，慢慢品尝，滋味会越来越甜。

我们其实不用去害怕那些痛苦，你所受的这些苦，最终生命都会以另外一种更加完美的姿态去拥抱你。

5月3日 10:45 a.m. 等待

等待和选择应该都是非常煎熬的时刻，等待是不确定未知的结果及对将来的期许，选择是在十字路口的徘徊和不可皆得。

它们几乎都是我们每天要做的大大小小的事情，期间伴随着迷茫、放弃、把握、珍惜，它们相辅相成，几乎伴随了我们每一天。选择不能够放弃的，等待更可靠的，放弃无法选择的，时间不重来，我们也不可能站在一模一样的路口，但不要惧怕等待和选择，因为该来的总要来，选择也无分好坏。

曾经我以为，做任何事情，并非是值得不值得，而是愿意不愿意。现在我认为，值得和愿意并非是矛盾的，如果你愿意，那么就值得，如果你觉得值得，那么就愿意去做。很多事情不去做，或许并非是两个方面的缺失，而是告诉自己，等等吧，再等等吧。

很多时候，我都是这么告诉自己，不是不到，时候未到。

5月14日 02:00 p.m. 忠告

我们很多时候都是这样，选择了一些事情，之后才会发现不是最适合自己的。选择了错的才知道真正对的已经远去，或许你也会明白，现在你正在经历的不是最适合你的。

如果真的是无法改变，那也是因为最适合自己的，已经不在身边。我们可以接受很多不如意，但无法接受曾经的不努力和不坚持。

不要把自己的路走成死角才想到转弯；不要等到受伤了才想要去弥补；不要等待失败了才想起那些曾经的忠告。

5月18日 02:00 p.m. 突然

一些事情的到来太过突然，或者不是自己所想那样，会有本能反应想要逃避，不去接受，装作它没有发生或者对自己没有影响，但其实那些不愿意被接受的事情会变换更多的方式让你去面对，你根本无法逃避。

这就好似一个自动贩卖机，你可能投错币，或是按错了按钮，它给了你不一样的饮料或商品，不可以退货，不可以退钱，你只能接受。你或许懊恼，你或许在面对这些时慢慢有了自己的习惯，但最终，错的就是错的，不可以更改。

接受那些现实，你可能会在之后慢慢想到办法解决它、摆脱它，真正地做自己。而越是逃避，就会陷得越深，它会如影随形，紧紧绑缚着你，最终会点燃爆炸，变得越加无法收拾。

▲

6月1日 12:00 a.m. 信心

有些时候是会失去信心，觉得自己已经走入了死角，错以为生活就是如此，太激烈的总归是不好，所有的好坏，都是自己曾经的因造下的果。生活教人成长，或许再过一些年，当更成熟更勇敢时，也许会坦然面对和接受曾经犯下的种种错失，或许会更加举重若轻。

有人告诉朋友：一切都还来得及，一切都为时不晚，去学那些喜欢的，去做那些想做的。唯有这样，你才可以拥有更独立的人格和更自由的生活。说得真好。

如果真的要和过去告别，那么就扔下曾经不好的过往，带着那些感恩和幸运，再来一点点动力和勇往直前的勇敢，最后加一点酸涩的眼泪，还有拥抱爱人时将要窒息的甜蜜。

[TO OUR YOUTH
But only love can break your heart
Try to be sure right from the start
TO OUR YOUTH

DATE
6/27 06:45 p.m.

山行

我们这一路上啊，总是会遇到好的和坏的，好的东西我们留下，坏的就随手丢弃。但其实，好的坏的都已经留下，因为坏的那些会告诉你，好的是如何珍贵和稀少，它也会教会你那些坏的如何变化成好的。不要把任何东西都绝对化，那是理论上的数据，而并非是我们真正的生活。

自己的心是如何，终点便是如何，我们无法追究和避之不及的是人生后半程的平淡，但赋予了最初的悸动，终归是稍稍可惜。一定会有那么一天，平淡与轰烈有一个交界，犹如我最初那场在深山中的行走，隔开时间空间，几多他人的时光都已无法排解自己内心的距离，而当甘愿接受这安排时，就是用言语去诉说那般热闹的过去，接受现在平淡的现实。

DATE
7/18 09:40 p.m.

渐渐

我可以每天吃饭，我可以每天工作，我可以每天走路，我可以每天消费，我可以每天见很多朋友，我可以每天上豆瓣，我可以每天写文字，我可以每天唱歌，唯独不可以的，是每天都快乐。

很多人事的离开，还有曾经的误会和猜忌，我们都要渐渐学会放下和平静。我们曾经承诺过太多，要学习、要奋斗、要微笑、要珍惜、要记得。但是这么多的情绪和承诺，是否可以一一担当，才能够一点点摒弃内心曾经的幼稚和不甘，其实我也不知道。

我唯一明白的是，那些渐渐力不从心的不仅仅是年龄的成长，还有岁月给予我们的更多其他的东西。

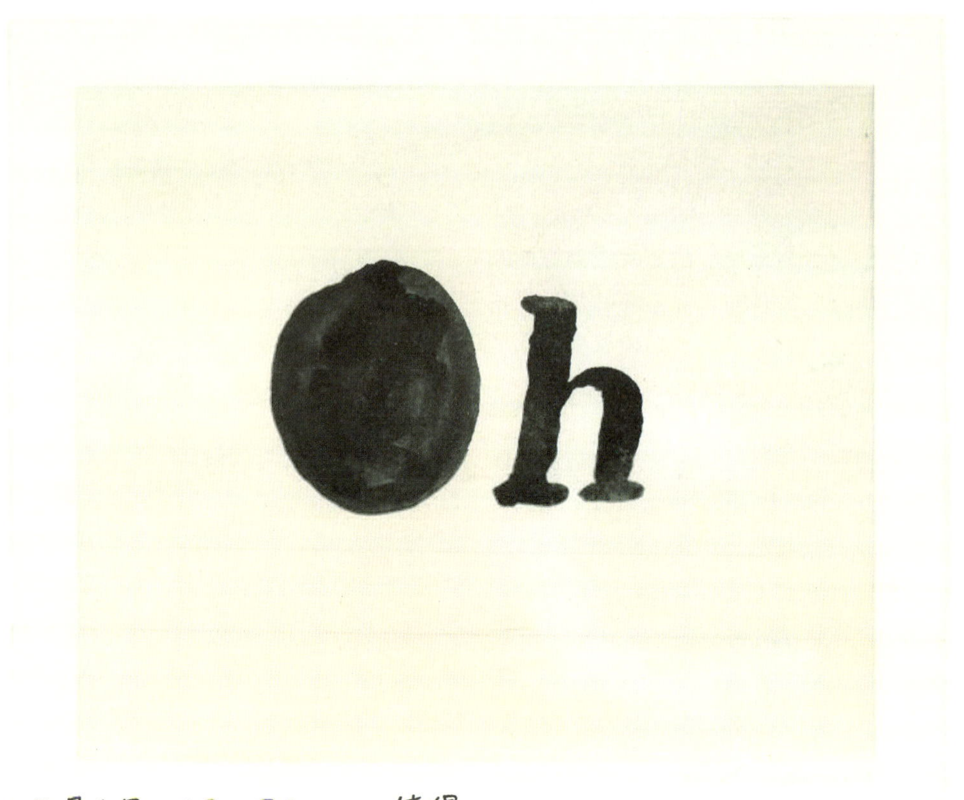

7月6日 05 : 30 p.m. 值得

每个人做事情，总有人喜欢，有人诋毁。我们往往为那些诋毁烦恼，几乎看不到那些喜欢。因为那些诋毁总是歇斯底里，而喜欢是静静地放在心底。

不要去怀疑你现在做的事情值得不值得，那应该是旁人心中的评价，也不要去怀疑自己是否愿意，要坚定自己的心。你是否还记得这样子的说法呢？这个世界的所有事情，旁人评说，都是值得或者不值得，而在自己看来，是愿意或者不愿意。

7月21日 08：00 p.m. 抉择

不要在意生活当中那些附加的恶意。不顺、失落、曲解、谩骂、流言，只需看过便好。要学会取舍，要尝试脱离，在走过荆棘之后的坦途上，再回头望去，一切都不过如此。这便是生命的一个奇妙的点，它让一切轰轰烈烈的事情，在许久之后，都不值得一提。

一切的经历都可以让一个人随时改变，你要如何去选择？邪恶或者是善良，愚昧或者是聪明，虚假或者是真实，都在你的一念之间。把握好自己吧，不要让今日选择的结果，变成明日坠入地狱的理由。

DATE
8/20 02:00 a.m.

离奇

生活中有变化和离奇的事情发生，那些冷僻传奇的事情带来诸多的愉悦。生活的表象给予我们探索和欣赏，那些单纯和明朗只是在进入这个世界后，才带给我们那些美好。人世间有许多的规则和约束，只有接近内心的真实才能作为一种类似于心得的体会被留存和遵守，一如你日日夜夜惦记着的便签。

后来我开始放松和理解，更多关照自己以延续他人，我们有更重要的事情需要关注。这个世界无论人事都有两面，没有必要为了纠缠那些喜恶而忽略了生活和正道，喜欢和讨厌并列存在，这再正常不过，何况片面极端的喜欢或讨厌都不合理。只要做好自己，不解释不偏离，不误会不回头，终究一切都会清晰。

我还在原地等你
你却已经忘记曾经来过

We are not permitted to
choose the frame of our
destiny. But what we put into
it is ours.

9月29日11:20 a.m.

我们总会遇到一些时候，一些失意的时候，一些得意的时候，而在这些不同的际遇里，陪伴着你的人，也不相同，有诤友，有损友，有至交，有小人。你要学会分辨，你要学会觉察，你要善于去了解那些耳边的话语，不要总是等到之后，才会想起自己当初应当如何如何，更多的时候，尝试去原谅和体贴。还有珍惜你眼前的人，我经常这样告诉自己。

最近我反复阅读一些经文和古老传说故事，想从其中得到更深层的意蕴，也遇到很多奇怪玄妙之事，它们让我更加明白爱与被爱不是理所应当，此刻的决定都是之后笃定的结果，不要怕现实中没有未来，怕的是你心中存在一个末日。没有什么不可替代，没有什么必须拥有。

时　刻

DATE

10/11 10:25 a.m.

我总是在想是不是我们越来越冷漠了。这个社会就是一场现场直播的情景剧，无数的悲欢离合同时上演，有人沦陷，有人陶醉，不管如何都无法离开。一切我们的行动，都被赤裸地暴晒在阳光下，没有人替我们活，没有人替我们爱，只有自己。曾经有人说人似鱼，是群集生活，但永远是独立的个体。其实，我们远远没有鱼那么简单和单纯。

我们不要怀疑自己有黑暗的一面，虽然很多时候压制着它，但某些时刻它就会钻出来占领头脑。它会让你看到许多阴暗的角落，会把你指向错误的道路，甚至会为你设置专属的陷阱，又让你心甘情愿不自觉沦陷。我们要做的是认清它，需要自我救赎，踏上归途，但这不妨碍相信并爱着这个想逃离但又无处可逃的世界。

因

果

12
/
MAY
/
11:20
/
A.M.

遇合之人，离散之人，同时是因，也是果。因为这因，相遇相聚，因为这聚，又结成了分离的果。人走走停停，大多是拾起和放下。

你不放下，就无法拾起。把拾在手中的种子播种，把彼此的阳光和善良剪下几寸放心上，然后收获果实。

或者走进黑暗之中，再放出那光，照亮前路，将心中那些曝晒在阳光下的影像统统归拢，放在自己新的抽屉里，锁上一把回望之名的锁，什么时候想要再次归来，什么时候再来开启时间的心门。

12月15日 03:10 p.m. 心情

不管走到哪里，都会有一种心情，那就是一边回望一边跳远，以求不负我心。这是一份自得其乐的事情，或许只有在每一个人，尤其是年轻的我们，经历了更多之后，踏破了鞋子，踏出了一条自己的道路，才能明白——明白了自己，明白了生活，我们就在这平凡点滴时光之中，也在这时光之中独立的核心位置。心之所要，心之抛弃，都源于自己，生活是一件不可思议的礼物，里面或许是惊喜，或许是悲剧。

我从来都不曾真正走进谁的生活，也不愿意将自己的世界全部敞开，这或许是我们的通病。在日复一日的昼夜交替里，生活很少给我们好脸色，单纯的美好和幸福仅是一瞬，但人活得太容易就不好玩了，就过自己的生活吧。正如那句话：我从没被谁知道，所以也没被谁忘记。在别人的回忆中生活，并不是我的目的。

复古相册

将你珍爱的照片放置于此，
让它们不再只是影像，而是时光中隽永的记忆。

章 贰

丢盔弃甲 也要 继续前行

no matter what,

keep moving on

没有苟且，何必远方

01

这几天北京下了今年的第一场雪，朋友圈里各种晒图和感叹，其中一条让我印象颇深，他说：“这雪像我曾经在很远的地方看到过的模样，如今触手可及，曾经我以为眼下的苟且只为重返远方，但没有苟且，何必远方。”

我曾经写过一篇文章，叫作《生活不只眼前的苟且》，我写道：“我们不是应该突然明白生活不只眼前的光景，而是从一开始就笃定，如果要遇到光明，一定要首先经历黑暗。”

我说生命终归是漫长的，我们能依靠的只有自己，我们度过几个这样的季节？看似鸵鸟般走入一年又一年的轮回，或踏实或浮躁，无法抗拒生活和命运交给我们的重担。世界就是这样规定的，扛得住就是强者，逃避就等于懦弱，不要总是看着眼前一筹莫展，要多想想心中还有怎样的坚持和希望。

这篇文章发布后我一直在想，时间是公平的，它必然会给我们一个最终的答案。你如何对待自己的生活，生活便以同样的姿态回报你，哪怕生活一再以刻薄和荒芜相欺，也要有梦为马，随处可栖。

我总是说，心中有梦就要去追，别怕暂时的迷茫和纠结，生活总会给予我们预料不到的欢喜，但实际上，生活有时也会给你重重的迎头一击。

这就是你只顾着心中的远方，忘记了眼下的苟且。

02

我有一些朋友总是抱怨自己的生活，他们始终相信，之所以能成为今天这般模样，都是因为眼前的工作或生活，像是一道道枷锁绑缚住自己。虽然工作能够提供不错的薪水，但却无法满足他们高昂的生活费用。

更重要的是，在他们的抱怨中，显然早已对生活失去了激情，变成了所谓的工作机器。曾经梦想着想走就走去远方，如今却只能看着电脑里的图片唉声叹气；曾经最鄙视按部就班生活的人，却无形中成为了自己最讨厌的人。

我问过其中一个朋友，那该怎么办？她想想，最好有一个多金又多情的男人，拯救她脱离苦海，带着她去环游世界，买遍所有的奢侈品。我哑然失笑，这不就是假大空的幻想吗？她瞪我一眼，你懂什么，这是每个女人的终极梦想。

好吧，我无话可说。如果所谓的梦想就是不劳而获，那这远方估计永远无法抵达。幻想总归是想象，回到现实，他们会继续抱怨生活，因为项目扣了多少奖金，信用卡的额度永远填不满，房东越来越难缠，同事钩心斗角没完没了……

听到最后，话语中只有一个意思，就是我彻底被生活打败了，估计这辈子都没有办法完成我的梦想。我不禁想问，你觉得这是谁的问题?

我之前也是这样的人，满脑子都是去远行的想法，觉得自己完全不适合工作，就适合一边流浪一边生活。去一座陌生的城市，邂逅一些有趣的人，或者开一家小店，有个咖啡厅或者旅馆，面朝大海，春暖花开，这才是生活。

我把这样的愿景告诉一个朋友，他说那就去啊。我惊呆了，别傻了，我就是想想而已。他乐了，又不去做又不实现，反过来又抱怨生活，你觉得有用吗?

后来我决定出去闯一闯，大概是年少轻狂，还没踏踏实实去奋斗，就想潇潇洒洒走天涯。我一边幻想着诗和远方，一边打开自己的钱包，拿出银行卡查询余额，看着那几个孤零零的数字，我自嘲地笑了笑，继续埋头完成自己的项目工作。

有人说现实很骨感，理想很丰满，但那时我却觉得，现实很丰满，理想又穷又骨感。

03

电影《天堂电影院》中说，如果你不出去走走，你会以为这就是世界。

肯定有很多人如我一般，坐在狭小的不足20平方米的空间里，看着书里那一望无际的绚丽，又或者拥有一颗比一望无际还辽阔的内心，却坐在不足一平方米的椅子上。

我曾经以为梦想中的远方应该充满诗情画意，有小桥流水人家，有内心美好的人，充满着感恩和善念，那里有时晴有时雨，有高远的天空和翻滚而来的白云，每个人脸上都有满足的笑容，他们远远比生活在城市中的我们幸福。

我想去远方，于是我开始拼命工作，有句话说，想走就走的旅行不容易，要有钱啊。我开始接各种文案和项目，拿到提成也不敢乱花，攒够钱就请假出去行走，可当我真的走出去才发现，所谓的远方，其实离着我如此之近。

今年上半年的大部分时间我都在丽江，对于生活在一线城市的我们而言，那就是可以抵达的远方，户户有水，家家有花，虽然一直因过于商业化而被诟病，但雨后清晨独自漫步在青石板路上，依然让人觉得如此安宁，仿若世外桃源一般。在丽江逗留的时间长了，就会认识生活在这里的人，比如开着茶社迎来送往的豆豆，管着偌大客栈的成子，号称长得最帅最文艺的江山和她的女朋友Evan，还有曾经的驻唱歌手渣渣……他们都有着与城市人不同的特性，热情、直白、豪爽、心无城府，你能够很快和他们打成一片，成为掏心掏肺的好朋友。

我们经常聚在一起喝酒吃饭，酒过三巡，话也自然多了起来，他们开始讲述自己的

故事。当想象中的远方开始脱离了自我幻想的美好，那些在远方中生活的人也一个个鲜活起来。豆豆和成子相遇在四川，因为要进藏而逗留在丽江，一停就是五年，曾经有过寄人篱下十分困苦的生活，打工攒钱开了第一家店；江山的饭店每日客人络绎不绝，每天清晨就要起床忙碌，直到凌晨才能休息；渣渣是个学霸，但却在半路被人骗光了钱，辗转来到丽江卖唱养活自己；我觉得最开朗的Evan，来丽江实际上是为了逃婚。我逐渐发现，他们来到丽江的原因各有不同，但却有一个本质的根源，就是逃避自己曾经的生活，又因为这份逃离，付出了比其他人更多的代价。他们辛苦工作，他们为生计发愁，其实一点都不比生活在城市中的我们洒脱，甚至更加现实。

豆豆姐曾说，不要觉得这里有多么脱离现实，丽江比大城市有更多的麻烦，地方不大，人际关系复杂，哪怕风吹草动，第二天也会尽人皆知。我们也有自己的烦恼，怕客人不多，怕挣钱不多，怕交不起房租，怕城管闹事，这儿的纷扰和大城市一样，唯一的不同，就是多了一点江湖气。

江山听了这话沉默良久，他仰头干完一杯酒，低声说：“再美的远方，一旦到达，就必须经历和曾经同样的苟且。”

他顿了顿说，仅仅是为了继续生活。

04

听了他们的话我重新认识了心中的苟且和远方，与其说苟且是不想做但要做，倒不如说这才是真实的生活，与其说远方是想做却不能做，不如说远方也伴随着新的苟且。

远方因为远，所以似真似幻，捉摸不定。我们把它幻想得格外诗意，远方的天空是湛蓝的，阳光是温暖的，信仰都带着虔诚的味道。曾经每一次行走在远方，都是走马观花匆匆而过，因为逃离了朝九晚五的生活，接触的都是与平常不同的风景，充满了新鲜感，觉得这才是诗意的开始。

可当你真正在那里停留之后才发现，哪一个地方不伴随着曾经以为可以逃离的苟且？更何况，对于远方里的人而言，我们生活的地方，也是他们的远方。

在丽江认识一个当地人的孩子，她经常来找我聊天，让我给她讲城市的事。她问我，城市的高楼是不是比这古城里的房子都多，是不是比梅里雪山都高，晚上的霓虹灯是不是可以照亮整片天空。那个我曾经生活过的城市，曾经想用力逃离的钢铁森林，其实是她一直渴望的远方。

又想起曾经有一个电视节目在南美洲采访，村落里一个骨瘦如柴的小伙子拉着记者的手问，中国人是不是都很有钱，是不是家家户户都有干净的水喝，是不是可以用智能手机上网。最后他对着镜头焦急地说，能不能带他走，他做什么都可以。在他的眼里，我心中苟且的科技和文明，其实也是他一直渴望的远方。

我们都极其善于美化那些想要而得不到的东西，不管是最初的还是最终的，到不了的都叫远方，渴望而不可得的都是梦想。我们的苟且是一群人的诗和远方，但我们的诗歌和远方，可能就在另外一群人的苟且里。

这些年来，有过多少次被生活中伤的经历，就有多少次想离开的冲动。而当我恍然大悟时，又不禁问自己，究竟我为什么要出发，是为了寻找，还是仅仅为了逃避？

有句话说得好，你以为不好的，别人其实心心念渴望得到，你用力丢弃的，别人其实视若珍宝，你为了一些难堪去行走，其实只是将那些事换了个行李箱。

05

有人曾说，想要去远方，就用活在今天的苟且去换。可现在我觉得，哪怕抵达了远方，我们也永远无法逃离生活。

渴望而不可得的才是最美，因为我们没有拥有过，不知道它到底是什么模样，它永远在你目光的最深处，在心底最温暖的角落，闪闪发光。而当你真的走进它后，远方才会显露出本真的样子，那确实很美，但依然是你曾想逃离的生活，只是换了一身衣裳。

苟且是现实中的自己，诗和远方是理想中的自己。钱钟书也曾写，城里的人想出来，城外的人想进去。得不到的永远在骚动。无论我们在做什么，对于自己而言都是苟且，而那些求之不得的，都是诗和远方。

这其实就是最无奈的地方，说白了，哪里有什么真正的远方。一是没有绝对纯洁的柏拉图或世外桃源；二是所谓的远方，无非是为了满足自己那颗欲求不满的心而已。

回头想想，这些年，我们面对这样无力改变的世界，怀揣着所谓的梦和远方，又是如何一路跌跌撞撞，深一脚浅一脚，落荒而逃。

现在我懂了，其实生活和远方就是告诉我们，有些东西，得到是幸运，失去是注定，那些想象中的美好终究只是幻象，我们最后都要直面现实的生活。逃避或许可以得到一时的安宁，但无数的前提让太多人望而却步，沦陷在狭隘中毫不自知。

现在我更愿意将诗和远方深深放在心底，累了倦了就翻出来看看，休息一阵儿。我会渴望远方的星空和阳光，但现在我更愿意让它们照亮自己的前路。

06

苟且和远方应该是生活中的轮回，它像是人生的正反面，与自己形影不离，无论是眼前还是未来，家乡还是路上，这轮回始终围绕在我们的身旁。它们的模样取决于自己的内心，我们不快乐，它就是苟且，我们快乐，它就是远方。

而我所理解的远方，其实是真正的幸福，是不管过怎样的日子，走如何的道路，都不要走进自我的瓶颈，不要把生活变成一场自我的保守。

或许只有自己真正经历过生活，回头再望，才知其中的滋味，各家品味各家的酸甜苦辣，世界那么大，每个人都走一样的道路岂不乏味？合上书去过自己的生活，走自己的道路，悲伤会继续伴随，而你心中的远方，谁说不是如影随形呢？

其实太多的人都是被幸福的憧憬撩逗着才坚持过完这一生的，它们会给予你美好未来的愿景，甚至告诉你那很容易到达，只要你做个空想家。

但未来不是今天一步步走过去的吗？谁能隔三差五从时间里插队提前到达呢？没赢过自己，拿什么谈人生，没有眼下的苟且，谈什么未来的远方？

生活就像爬大山，生活就像蹚大河，一步一个深深的脚印，一个脚印一首歌。

你所渴望的远方，其实也是别人正在苟且的他乡。不要将你期待抵达的地方，变成一场躲避真正自我的逃亡。

扫描收听有声版

感谢这个操蛋的世界

“人生就是这么简单，简单到很想骂一句操蛋。”

这个圈子，还真的是十之八九，除了混出来的大佬们，大都是low货。

昨天晚上，我的一个做图书编辑的朋友在微信里愤怒地对我说，有本书借鉴了她公众微信号的名字作为书名，又在她不知情的情况下使用她曾经对日志的评论作为图书的媒体评价。

她愤怒地对我说，我平生最讨厌的事情，就是用了我的东西不告诉我，如果我妈趁我不在家拿了我的东西给别人，我也会非常生气。这事绝对不原谅。本来我无所谓这个书名，让我推荐也可以，但是不告诉我，就是不行。

我看着她在微信编辑群里大发雷霆，又和其他编辑争论，最后对她说，别太生气，你要庆幸你还有被借鉴和利用的能力。

想起几年前曾经参加同学会，那真的是一场又一场的好戏。因为早上学的缘故，时常被学校里的混混儿欺负，做课间操时被无故推倒，课本经常神秘失踪，放学回家被堵在路口要钱，毫不夸张地说，我就是那个被欺负大的孩子。

那时我基本都是逆来顺受，长大后没有心理变态也真是老天眷顾。在同学会上，那些曾经的混混儿也都来了，他们大多已经成家立业，做一份普通的工作，有的还抱着孩子，他们热情地和我喝酒，彼此说着曾经那些冒傻气的举动。

一开始我没觉得有什么不妥，直到我的发小偷偷对我说，真是恶心。我问为什么，他撇撇嘴，你就没发现大家都过来敬你酒，都没人理班长吗？这时我才察觉到异样，班长一个人尴尬地坐在角落里，脸上是不自然的笑容。

我问发小怎么回事，发小白了我一眼，你可真是情商低，班长混得不好，大学毕业后找不到工作，现在在电脑城卖电脑呢，所以大家都不搭理他，你是出息了，又是作家又是做广告，所有人都巴不得巴结你。结果那场同学会我如坐针毡，看着对面迎来的一张张笑脸抽动着嘴角，满脑子都是被害妄想，走的时候留了无数次的电话和微信，一次次说谢谢，回头再聚。然后拉着发小飞也似的逃走了。

后来我回过神来，本想去同学会和老同学好好缅怀一下旧日时光，探望一下老师，却成为了攀比大会。曾经那个基本没什么存在感、成绩一般、长相平平的我成了香饽饽，而那个曾是校草、成绩优秀的班长坐了冷板凳，理由就是大家口中的，他现在混得不行。

这种逻辑我曾觉得匪夷所思，我对发小说这个社会太功利了，功利到这么赤裸裸，以前这帮人是怎么巴结班长想要得到好处的，他们怎么对班长，以后就会怎么对我。发小摊摊手，所以你不能让他们对你有这样的机会，为了这些你也得一直往上爬，成为人上人，只有这样才能不受欺负。

我以前觉得这是典型的谬论，是太可怕的三观，一个人的成功就是得名得利吗？幸福的定义何时变得这么简单粗暴？这之后我再也没有参加过任何同学会。

后来，我偶然得知我认识的另外一位作家朋友，和这位班长是大学同学，我跟她说起曾经的往事，结果这位朋友欲言又止。我察觉后问原因，她支支吾吾地说，班长在她面前说了我不少坏话，比如曾经也就是个一般人，什么都很普通，现在倒是飞上枝头变成凤凰，真是走了狗屎运。

我听后倒觉得没什么，浅浅一笑，班长说得倒也没错，我确实很普通，现在也如此啊。之后我突然接到了班长的电话，他和我称兄道弟、嘘寒问暖，最后才说出打电话的来意，帮他留意在北京的工作，他想出来打拼。我挂了电话，胃里不由一阵恶心。还有比这些人两面三刀的嘴脸更让人觉得可笑的吗？这是一个怎样的社会！曾经我就是这样想的。

我从小喜欢写作，从高中开始偶尔有文章散见于报纸杂志，在网络上也开始略有名气。一些编辑找到我，希望给我出书，一些从来不联系的人也频频给我留言，夸赞我写得好，有大将之风。

然后第一本书的出版就提上了日程，那是2003年，出书还是一件门槛高又稀罕的事。

那段时间我还在用博客，每天都会有形形色色的人找到我，有人想要约稿，有人想要联系方式，有人单纯点赞，我几乎被这些甜言蜜语灌晕，开始和很多人有了交情，感觉自己多了许多知心好朋友。出书的流程异常复杂，足足等了一年多也没有太大进展，开始有人耐不住性子，有人销声匿迹，有人留言骂我是骗子，有人说其实我写得很烂，有人干脆直接拉黑。仿佛就在一夜之间，曾经以为的小伙伴都离我而去，仿佛那一切都是我的想象。

当时我的感受是，人心隔肚皮，真是知人知面不知心。

我的正职工作是广告人，那才是精彩戏码每日轮番上演。有一位同事一直在和我说某公司的谁谁谁太低能，做的方案都是垃圾，这位同事曾经得过一个奖，觉得自己高大上无人能敌。可是某一天他口中的低能人突然获了一个国外的大奖，从此他的朋友圈里条条都有这个同事的点赞，逢人就说自己有一个在国外获奖的朋友。

Why you say it to me at all ?

之后我又辗转听到，这个同事在工作上明里暗里给我使绊，在我不熟悉的同行面前诋毁我，又在我面前装作与我相处融洽，一副“影帝”的做派。我觉得一个人能见风使舵到这种程度，也算是极品。我曾经想过，他真的以为他口中低能的人就会永远一蹶不振吗？还是他以为我不熟悉的同行就一辈子不会和我结识？其实真正的可能性是，他懂得这个社会需要怎样的人，而他把这种需要发挥到了极致。

比起一个可以游刃有余、见风使舵、左右逢源的人，谁会真正去在意被中伤的那个人的感受呢？后来我想通了，这个社会就是这么现实，现实到残酷，残酷到功利，功利到人人叫好，叫好到游戏的规则其实从未改变，只是我们不自知。

曾经我觉得功利不好，曾经我以为可以永远做自己。但时间流逝后，我们都成了一个功利的人，没有人愿意永远被人踩在脚下，我们都在意别人的评价和感受，只是程度深浅的问题。

如果你那么在意，那么就先变得强大，哪怕被人利用和中伤，你也早已经强大到百毒不侵。如果你不在意，大可以继续忠于自己，起码活得开心自在。怕的就是在乎又要装作不在意，一边受伤一边感叹社会的不公平，而自己没有办法改变又无法逃离，这才是真正的可悲。

我早就明白，当有人刻意把你捧到高处时，他最希望看到你扬扬得意不可一世的样子，他看似崇拜和赞美的背后，是希望你坠下高塔一蹶不振的下场。当有人在背后中伤诋毁你时，他最希望看到你愤怒生气甚至和他当面对质，他看似龌龊见不得人的背后，是希望你可以使用和他同样阴暗卑贱的手段。

当有人对你示好，需要分辨；当有人向你攻击，更需要分辨。当你只手遮天，你只是暂时强大；当你渺小无力，你也只是偶尔放松。任何人都不会一直处于巅峰，正如没有人可以永远站在低处。

无论成绩的取得是何种方式，你说暗箱操作也好，你说潜规则也罢，别人能够做到就是本事，存在即是合理，虽然那些可能不对，但你不做，就是你的错失。有人愿意，那么他的得到也是理所应当。这个社会看起来很浮躁很现实，但游戏的规则就是这样透明，你不牛你就品尝失败，你牛了你就把握成功。这就好比是硬币的正反面，有得有失，有利有弊，什么是衡量你的标准？唯有你的强大。

一想到这里，我就变得有些安心，因为我再也不害怕，曾经上学时被坏学生欺负不是成绩好坏的问题，而是个头、长相和其他因素。如今在社会和职场里，你如果再被欺负，最大的可能就是你没有成绩。

其实社会的功利，在于不看你是否努力或如何努力，它不管过程，社会只看结果。

而很多的努力，不是我们口中所说的那些所谓的潜规则和黑暗面，你看不到的还有很多，一想到这里，我就不再抱怨社会的不公平，因为我明白，真正的不公平，其实是你自己还未开始努力，却总想得到结局。

当有人对我满不在乎时，我会想继续冲刺，把那些人远远甩在后面，不让他们的话语对自己产生任何影响；当有人对我利用和指使，我会庆幸自己还有这样的能力，说明自己不是一无是处；当有人对我友善和蔼，我会认真分辨，真心相处自会真心相待，别有用心就会默默远离。

我不再随便评价别人，因为我不知道的还有很多，我也不再过多显摆自己，因为别

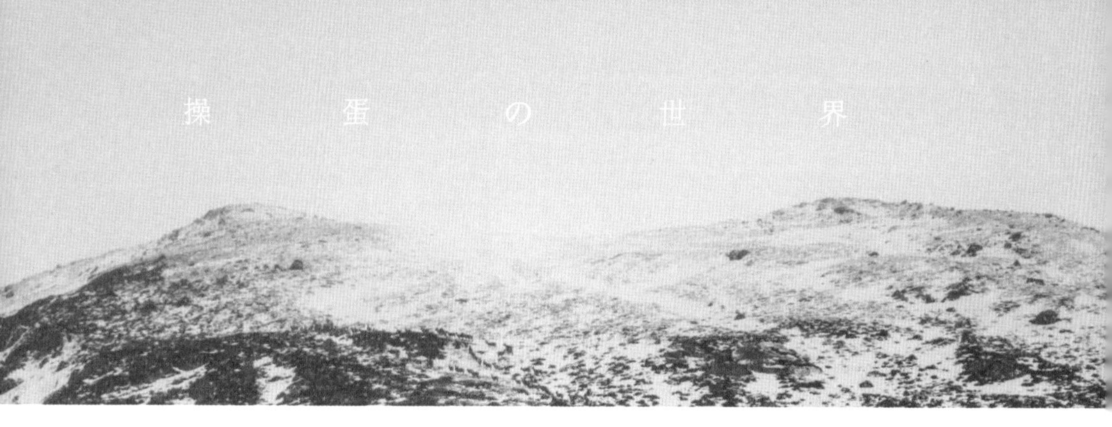

人终会明白。这就是社会教会我的准则。其实你没发现吗，任何行业，甚至包括生活都是如此，都有这样的规则。当你不够强大时，你没有更好的机会；当你不够坚强时，任何风雨都能击垮你。只要你变得足够好，你想要的一切都会顺其自然，为你前来。

如果你说这是社会的潜规则也不为过，因为强者永远都是站在金字塔最高端的人，而下面的那些诋毁和中伤，就当作是羡慕忌妒之后的副作用吧。

曾经有句特别流行的话：“莫急，你要的岁月都会给你。”现在我对这话不屑一顾，你以为岁月是你妈吗？生你，养你，你躺着什么都不做还要伺候你？想要什么，就应该自己去争、去努力。

现在我说，我就喜欢你看不惯我又干不掉我的样子。

说实话，我感谢这个时时充满着不公平的世界，因为所有的一切都已经明码标价，你不认同，唯一的选择只有离开，你在这里就意味着你要遵守游戏规则。就这样，没什么周旋的余地。

人生就是这么简单，简单到很想骂一句操蛋。

into the battlefield of life and death

by myself

一个人的生死场

逆来顺受，你说我的生命可惜，我自己却不在乎；

你看着很危险，我却自以为得意。

不得意又怎样?

人生本来就是苦多乐少。

扫描收听有声

01

从耶路撒冷回来之后，我拉着朋友第一时间看了《黄金时代》，途中看到影院内睡倒一片，散场时听到一些抱怨声。朋友问我好看么，我说答不上来，没办法说。但可以肯定的是，电影不适合所有的人，比如你。

朋友打着哈欠点头，是的，太无聊了。

在很久之前，我看过萧红写的《呼兰河传》，直到现在我都认为，这本书开头短短的几十个字，是我见过的作家里写得最好的，或许有人可以模仿萧红的文笔，但却没有办法模仿她的那股腔调。

《呼兰河传》开头是这样写的——
严冬一封锁了大地的时候，则大地满地裂着口。从南到北，从东到西，几尺长的，一丈长的，还有好几丈长的，它们毫无方向地，便随时随地，只要严冬一到，大地就裂开口了。严寒把大地冻裂了。

我想起曾经有篇评论文章里谈到民国时期文人作家的作品风格，其中以鲁迅先生的作品作为反面教材，提到了腔调这回事。那篇文章的大意是说，一堆纸一杆笔，就可以当作武器来抨击时代。好好的话不会好好写，非要写得拐弯抹角，人群中的描述一句话可以写，非要写有男人有女人有孩子，莫非还有妖怪不成？

那篇文章里没有提到萧红，但莫名地我在看到很多电影评论后就想到了它。而在电影里，萧红却说，我对政治不在行，只想安安静静地写点东西。

Shoulda Played it Cooler

02

一位一生只想安安静静写东西的作家，有什么值得看的吗？这不是大众读物，不会有广大的受众群，人们只想在生活之余谈论些八卦，说点情感话题，一边吧唧嘴，一边把那些坊间传闻夸大到极致。

我在看电影时一直都有这样的担心，这样类似于纪录片的长片，到底有多少人可以耐着性子看下去，又有多少人会因为热爱萧红来看，又会有多少人看完之后去阅读她的作品。影片不是热闹的，甚至不算是一次绝佳的观影体验，朋友圈里有人说，电影简直就是在用一种强势的态度，挑战自己的极限。

电影的拍摄方式很有实验性，这一点已经从很多花絮和采访中被主创们确认，但我觉得除了实验性，从剧本到表演，都呈现出一种紧巴巴的感觉。对于如何讲好一位备受争议的作家，显然导演也是下了功夫，最后，演员和镜头将整部影片处理得极为含蓄，甚至隐去了某些决定命运的环境因素。电影中我认为最成功的地方，是丝毫没有粉饰萧红几近戏剧化的情感，她的那些情史曾经赋予了多少谈资，而后又被再次呈现，得到了巨大的话题量，正如影片中汤唯扮演的萧红说：或许之后没有人会记得我的作品，但人们会永远谈论我的绯闻。

并且，电影已经在尽全力还原历史全貌，并且用一种非常极致和特殊的手法将各种台词、评论、史料融合其中。电影用萧红的自述和诸人的旁白做了串联，甚至冒着跳戏的危险将每一句话、场景和细节做了高度的还原，并且这些都可以指出资料来源，这种叠加其实非常少见。

萧红的一生或许和电影中一般，几乎所有的都被八卦喜闻乐见的细节容纳，甚至两个孩子或送人或夭折，乃至文艺联盟的地铺、码头的倒地不起、公寓的不辞而别，都用了很重的笔墨来展开和表述，大量的近镜头和演员无台词的演绎，整个基调陷入一种“心塞”的氛围。

在萧红第二个孩子夭折时，朋友偷偷问，真死了？她不会是自己偷偷掐死了吧？我说，没，真死了。朋友撇撇嘴，太不理解了。

03

是的，太不理解了，我们对萧红的理解带有历史的蒙蔽和扭曲，而在当时萧红的做法也确实让许多好友不理解。在电影中端木和萧红的婚礼一场，端木说只来了他的一些亲戚。但实际上，是萧红的朋友拒绝参加她的婚礼。

融合时代背景来看，萧红和萧军的分手，在各自的生命里带有非常重要的政治象征。电影中也略微触碰到了这点，有人提醒她注意自己的政治立场，萧红反复强调只想安静地写作。
但电影始终没能点透，不知道观影者中有几人能深入想这个问题。

萧红的经典作品《呼兰河传》《马伯乐》都写于她余下不多的生命里，她非常介意将自己的作品与政治挂钩，但在当时的时代背景下，这几乎是一种“逆向性的自主选择”，而这种点拨也最终由旁白人讲述，并非是萧红自己对抗的结果。

于是，从影片里，我们几乎很难体会她的这种抗争和政治意识冲突，但其实二萧的分手并非只是情变那么简单。影片中萧军执意要去西北打游击，说自己的写作要被赋予更多的意义，但萧红说自己一直颠沛流离，自己估计活不长，剩余的时间只想写作。

此时距离萧红在香港去世还有一段时间，她早已有所预知，而她的这种选择被萧军和他的朋友理解为自私，并拒绝参加她的婚礼。这其中的缘由并非只是情变和讨厌端木，更重要的是她在政治影响上的不计后果和自我处理。

作为东北的流亡作家，二萧的结合并非只是简单的情投意合，在当时的时代里，他们的文坛影响力是与政治息息相关，萧红不会感觉不到这种联系，但却不愿屈服，理由也非常简单和自我，不想打游击，不想做斗争，只愿意安安静静写作。

她的一生，于我看来，是与束缚在斗争，不仅仅想摆脱政治，更想脱离任何不安定的因素，过踏实的生活。那些逆来的，顺受了。

04

电影曾经在很多细节上体现了萧红对于自由和解放的渴望，也让观影者看到了萧红在脱离萧军之后的洒脱和随性。但是，这些片段毕竟只是昙花一现，她和端木的结合，与其说是为了渴望平凡的生活，倒不如讲她经由自己的挣脱，又进入了另外一个牢笼里。

吃饭想吃肉，吃肉看着肉丸子，有了丸子要喝酒，如何理解这些桥段，成为了仁者见仁的事情。就我而言，我觉得萧红一直都是饿着的，她的这种发自内心的欲望，源于一直以来的颠沛流离，分明是想过安生日子，所以她选择了端木。

电影中萧军从最开始欣赏她的才华，到后来的不满，直至离开，将端木的前来说得合情合理。端木欣赏她的才华，也不介意她的文坛地位，所以萧红选择了他，虽然并不如意，但对于从来在身体和情感上都一直饥饿的萧红而言，端木是唯一的选择。

萧军的暴烈，注定了他们无法永远厮守，就像萧军最终选择他人，生养八个孩子度过一生，影片中也从未提到萧军对萧红在感情上的挽留和忏悔。在史料记载中，萧军也只是在萧红过世后惋惜她的才华，但作为妻子，他坦言，并没有遗憾。

萧红选择了端木，我觉得是对生活的妥协，但现在看来这种妥协是失败了，端木的懦弱和逃避，注定没办法给一心只想写作的萧红一个强大的后盾。他的两次临阵脱逃也让萧红意识到自己情感的飘忽不定和人生的落寞，所以，她在自己生命的后半程，写下她最为经典的作品。

或许可以这样理解，作为作家的萧红这份逆来顺受，恰好验证了自我内心的薄弱，也因为这份脆弱，她将自己交付给了最信任和坚持的写作。

05

在萧红的作品里，几乎没有看到过她的个人生活，她的那些坊间绯闻和故事，被她安排在了写作里，她明白旁人对她的不理解，也独自一人冷冷地死去，只是在生前，她从未对此说过什么话。

在作品里，她写：他们被父母生下来，没有什么希望，只希望吃饱了，穿暖了。但也吃不饱，也穿不暖。满天星光，满屋月亮，人生何如，为什么这么悲凉。若赶上一个下雨的夜，就特别凄凉，寡妇可以落泪，鳏夫就要起来彷徨。

有朋友说在看到萧红去世时落泪了，我却没有，因为我知道她注定是这样死去。我落泪是在影片中的其他几场，一些场次是她抽着烟无声写作时，一场是端木和她结婚时。

之所以会落泪，是因为我看到了萧红的那份坚持，也看到了她的妥协。她的一生几经磨难，从未有过安生，年岁渐长之后的她折腾不动了，那些苦难已经将她的精血消耗干净，她让步了。但这种妥协的原因，其源头不在于她，而是时代，是她身边的男人。在影片里，萧红神经质地问萧军，如果你不是欣赏我的才华，那么是不是不会和我在一起？又有人说，在写作上，萧红是天分，萧军是努力。萧红笑着一言不发，萧军说，那也离不开我的帮助。之后，萧红被萧军打得眼睛乌青。并且在萧红隐瞒时理直气壮地说，就是我揍的，怎么的？

在那样的时代里，女性作家不讨好也不讨巧，张爱玲和萧红属于同一个性质，被打压、被猜忌、被误解、被排挤，但她们都有一股气在，这种气，或者说她们之所以会有文坛的地位，坚持自我的写作，在我理解看来，是孤独。

06

看完电影后，我独自一人开车回家，竟然后反劲儿地泪眼蒙眬，将车停在路边，痛痛快快哭了一场。别笑话我矫情，但我必须要说，我认为我真的理解了萧红，并且从内心里心疼她，还有自己。

我非常喜欢萧红的这段文字，被电影展现了出来：春夏秋冬，一年四季来回循环地走，那是自古也就这样的了。风霜雨雪，受得住的就过去了，受不住的，就寻求着自然的结果，那自然的结果不大好，把一个人默默地一声不响地就拉着离开了这人间的世界了。与你相逢，其实就像一个梦，梦醒无影又无踪。身为写作者，虽必然不及其他作家（更别提萧红了），但我想内心的那份孤独感，却很类似。我给朋友打电话问她，你知道为什么你不喜欢这部电影吗?

她问，为什么？我说，你理解不了一个写作者心里的那份孤独。

抛去电影诟病和种种限制，如若真的想要理解一位作家，首先要理解他内心的那份孤独。我非常固执地将萧红的情感史，连同她的脆弱、敏感、不羁、坚持、妥协等等，算作是内心孤独的映射。萧红的才华因这份孤独而生，最终因这份孤独而死，想到这里，我不由一阵冷战，感同身受。

写作不比其他创作形式，写作是一个人的事情，是一件要耐得住寂寞的事情。繁华和热闹与它无关，它应该是属于冷的。冷冷的那股清流，蜿蜒过脑子里最敏感的神经，一时间感觉身上打着抖，这时写下的文字，才是好的。

孤独。是的，我恍然大悟，就是这份孤独。

07

必须要强调，这种写作者内心的孤独，和我们平日所谈的孤独不同，它不是矫情和造作，你可以理解为是冷寂、冷静，甚至是写作和思考的源头。我非常清晰地记得电影《梅兰芳》里的一些台词，是这样讲的：

——你离着梅兰芳远点，让他好好唱戏成吗？

——梅兰芳不是你的，也不是我的，他是座儿的。

——梅兰芳是孤独的。

——但正是因为孤独，他才是梅兰芳，谁要是毁了这份孤独，谁就毁了梅兰芳。

或许，于萧红而言，甚至于我而言，大抵也是如此吧。但萧红的一生是苦难的一生，她或许曾经得到过鲁迅等人的帮助，却始终没有人走进她的内心，因为作为作家，她不允许有任何人打扰她的这份孤独。萧红一意孤行地用尽全力去保护她的这份孤独，她的选择、妥协，都来源于这份本真。

而这种写作的孤独，成就了她，也毁灭了她。

我很早了解到这份冷寂的必然性，所以一直在做热闹的工作，见很多人，说很多话，不把自己锁在过分的自怜自艾里，我用正常的生活来换取写作时的独自，用生命中的热闹来掩盖写作时的清冷。但萧红没有学会，她的这种外放和固执，让她为了写作可以放弃自我的存在，最终走上了末路。在文字中隐藏了对情感的真实表露，又在现实生活中一直隐忍，旁人只能通过八卦了解她，而她自己又认为无人可依靠。她独立独行的人生，注定是要冷寂度过，草草收场，而这份独自的悲哀，并非旁人都能懂得。

但恰好，也是她的魅力所在。

08

写到这里本应该结束了，可看到朋友发出一则佐藤谦一写下的话，觉得很合适，于是放在这里。

你没有在前行，也没有什么非看不可的风景。你刚好看到了，又刚好往那里走，你便谓之“前行”了。

此生一世界，由东至西也好，由西往东也好；由山至水也好，由水入山也好，无论怎么走，难道有个首尾之分？既无首尾先后之分，又何来“前行”？即便企定一处百千年，万物世间也瞬息而骤变，怎会是“相同的风景”？

人生境界，无高低之分，无前后之别。玄妙寂然，无动无静。

不能评论《黄金时代》这部电影的好坏，不敢断言萧红一生的功过是非，但我却能深刻感受到萧红她对于写作的坚持，和她整个人生中透露出的那种脆弱和不定。这样的时刻或许人人都有，只是我们不自知，只是我们不承认。

生活像河水一样平静地流淌，平静地流淌着愚昧和艰苦，也平静地流淌着恬静的自得其乐，那是一个人的生死场。

懂得谢谢你，不懂没关系。

扫描收听有声版

每日我说·关于成长

1月23日 07:10 p.m. 游戏

也许你也明白这样一个道理，很多时候，往往都是事情改变了我们，我们却改变不了事情。一件重大的事情发生，可以改变一个人的命运，这一点从小说、影视剧里都可见一斑。在人生的这场游戏里，我们扮演的是什么角色，其实决定着我们最后的结局。

你是否准备好上演属于你的这场戏剧呢？在我们的世界里，自己是主角，其他人是配角，我们主导着每日上演的悲欢离合。而在别人的世界里，他们是主角，自己是配角，我们一边主演着自己的游戏，一边又扮演着其他的角色。想想其实很有意思，这就是人生吧，匆匆忙忙，应接不暇。

大幕已经拉起，灯光已经亮了，所有人粉墨登场。咿咿呀呀，咕噜哇啦，莫非我们的嗓子太邋遢？其实最想说的是：除了你，一切繁华都是背景，这出戏用生命演下去，付出了青春也不可惜。

3月10日 02:00 p.m. 放弃

我总是在想，为了一件什么东西去放弃另外的，是件很无可奈何的事情。为了今天要记住的事情放弃昨天的那些执念；为了更加的成熟放弃没大没小的幼稚；为了明天更好的成绩放弃本来准备好的放松；为了如今的闲适放弃曾经紧紧握着的梦想。

总觉得放弃是为了得到，一切都无所谓，一切都可以从头再来，反正自己还年轻，反正自己还有资本，无所谓。后来我才知道，我的青春已经所剩无几，手中的王牌几乎全盘送出，这一场游戏，我几乎要输得一败涂地。而我曾经放弃那么多，想要得到的，仅仅只是自己。

3月13日 07:30 p.m. 感意

其实我们应该把每一刻过得再有意义些，只有在艰难时刻我们才更会想要去坚强面对一切。

也只有在故人离开的时候才会明白自己曾经的莽撞和错失，珍惜往往姗姗来迟。我们和身边的人总是要分开，只有知明而行，自知到我们如何再去明白珍惜的意义，面对未来的路。这必定是我们的选择，也是我们为这选择付出的代价和承担的责任。

而当我们站在了某个高处，有成功的光环围绕在身边时，不要忘记曾经在路上帮助过你的那些人。那或许是一个举手之劳，或许是一句金玉良言，或许是温暖的鼓励，或许是在困难时的搀扶。而当你跌入了谷底，也不要忍受，向他们寻求帮助会让你更快地走出失落，走向光明。我们不能缺乏的是仁爱之心，不得丢弃的是感恩之意。

好好爱自己，爱你身边的人。

3月24日 04:00 p.m. 精神

每个人心里都有一座城，我们带着残缺在这里生活，在不同的地方捡拾自己遗落的故事，没有人记得从前的模样。我们在别人的故事里，寻找自己的部分，在自己的故事里，我看到别人的影子。

我们在悠长的时光岁月当中，窥探自己的当初，也在内心的城池里，找到对应的站点。它拿走了我们真挚的情感，我们将自己最美好的记忆放在这里。

而人在这座城里，是要有一点精神的，如果没有一些支撑的点在我们的灵魂里，那其实和没有活着一样。那些理想、信念、目标、追求、情感、责任，统统都是一种精神。我们的人生只有短短的几十年，要让有限的生命在这座城里发光发热，发挥出最大的能量，就算你不能轰轰烈烈地活着，也不能委曲求全，只有这样，才能无愧于生命给予我们的恩赐。

3月30日 11:00 a.m. 昨天

记得曾经的往事是温暖的，我们兜兜转转走过去之后，很快就会投入新的事情里。曾经一起携手许下的承诺会在今日不堪一击，时间会让在失去彼此之后，又会让我们不自觉忘记。想要紧紧握住的内心记忆只不过是一场自顾自的执着，当生活给了我们那么多的理由用来忘记和回望的时候，我们就拿出同样多的理由去学会铭记。

选择毕竟是一件非常困难的事情，因为它是对一个人的智慧、勇气、信心、耐心和决断的考验。如果我们的曾经是正确的选择，那么今天看起来或许就是错误的；如果昨天已经被我们遗忘，那么今天或许就会在某些不经意的时刻被想起。所以这个世界上不存在绝对的昨天和明天，也不存在十全十美的选择，只有在一定的条件下我们想起昨天，眺望明天。

我们有足够的明天，用来记得整整一个曾经。

4月12日 03:00 p.m. 生日

不知何时，许多事情在我的心中已经不再激烈，很多时候和人谈论起，也变得云淡风轻。这也许就是一种成熟，学会放下一些执念，留下一种得失，拾起一份宽容，然后继续上路。

看到一句话：我年轻时想变成任何一个人，除了我自己。我们度过的包括青春期在内的每个人生阶段，都是一张张纷繁复杂的网，它们网罗住我们，给予我们扑朔迷离的选择和方向，在每一个角落都有结实得无法解开的死结。我们顺着它的脉络摸索下去，走过一天天，路过一段段，最终会挣脱掉那张束缚的网，而后又会掉入另外的迷途中。

王小波说，我们无非是想明白一些道理，遇到些有趣的事情，倘能如我愿，我的一生就算成功。的确如此。

YOU
ARE
ONE
SIX
BILLI

曾经那些错过的人，如果不曾再回来，已经是过客，他之于你如此，你之于他也如此，离别才知相逢无期，错过才知拥有不易。

而那些现在陪伴着的人，或许随时也会成为过客，离别的事情谁也说不准摸不透，所以我们总在讲珍惜当下，因为我们不知道下一刻会发生什么。这事情可大可小，当承诺现在越来越被当作一种不走心的仪式，更多的时候我们吃定的是那过程和结局。

4月16日 01:00 a.m. 吃定

5月7日 07:30 p.m. 重逢

现在我相信了重逢的奇妙，和多年未见的老友在陌生城市的陌生街道重逢，彼此欣喜万分，曾经那些擦肩而过的记忆瞬间又归来，彼此感叹岁月果真是神奇的小偷，偷走的时光又如数奉还。

彼此嘘寒问暖，我竟然一时想不起他是我的初中同学还是高中同学，也是十分艰难地想起了他的名字。这么多年没见，同学依然是老样子，只是眼睛里多了几分成熟。他问我最近的情况，说他最近的事情，寒暄了好久，分别时还说彼此的婚宴一定要到，显得十分热络。

某些时候，都以为彼此是多年之前青涩的少年，在高中的校园里提着水壶抱着课本嘻嘻哈哈走过，水房里永远是排着队，腾空而起的雾气遮住了自己的表情，像是催眠剂。与更加广袤的未来相比，我们只不过做了一场自以为悠长但却短暂的梦。

5月15日 06:00 a.m.

很多人都说我爱回忆，爱说之前的事情。我承认，回忆是我——或者说很多人——最爱做的事情之一，看到某些事情的感叹、看到书中情节的联想、看到电影里桥段的感伤等等，都会不由自主往自己的身上拉拢。

回忆真的是一件好事情啊，它可以让我一次次回望曾经走过的道路，一次次去体会那些曾经的心情，而且我可以在回忆里随意编造出事实和人物，让那些人事在我的脑海里重新运作起来，造成不一样的未来，给自己的过去更多的可能性，从而改变我今天的行为。但我不会永远沉沦在那之下，因为我十分明白过去不再来，无论你如何回头，都无法往后倒退一步，我不去挽留不愿重来，我其实更看重未来，因为我知道我之后就要在那里度过了。

回忆

5月23日 06:30 p.m.

时间是一张疏密的网，它兜住时间不肯放开，又把未来偷偷遮盖。我们无法改变的事情有很多，但能做的是选择，你可以选择记住，也可以选择忘记。

记得和忘记其实是并列存在的，就好比对峙的两面，你选择了记住，那么就需要付出很多用来记得，你要留心时间的把柄，它会将那些远古的回忆擦去，也会使现在的思维混乱，让你被动地去忘记。如果你选择了忘记，那么也要小心时间的小聪明，它会一遍遍提醒你那些曾经让你无法忘记的，并且会越来越深刻和难以抹去。

微小的细节不一定都会铭记，更多的我们把记忆留给了那些刻骨铭心。多年之后回想起曾经，希望会有一个人和你一起走过，会有一段无法割舍的情感在记忆里定格，或许曾经才不会显得那么苦涩和难堪，那个时候回忆起来也会觉得很美好且很有成就感吧。

6月16日 05:00 p.m.

用连串的仓促短句来整理你我之间的脉络，必然是苍白肤浅，但又好像必须如此，才能够全部留住那些曾经的来去。像是误入机场的跑道，轰鸣声就在眼前，远处的工作人员大声喊叫但却听不到；像是懵懂的孩童误入了别的世界，不知所措不知方向。一个个的故事来来回回，不堪阵风掠过所剩无几，剩下的还有什么。

如果真的有那些我们所谓的重新来过，我一定告诉自己，要勇敢要坚强。迈出的第一步是那样的重要，只有勇敢地向前走了，那么一切都会好起来。如果停滞不前，就会迷失在眼前的大雾里，一切就会终结在此地。

剩下

6月23日 09:30 a.m.

如果你把很多时候都对折起来，会发现很多奇妙的点都融合在了一起，很多事情对于我们来说都具有两面性，而相比较而言，对立的时刻会多一些，如果你有了一面，那么就无法控制另外的，如果想要权衡再三，那么最终你依然会放弃。

过去与现在，旅途与道路，不是对峙的两面，而是在时光的旅行当中互相扶持互相依靠，以回忆为底色，描绘出远方，以释放作为终点。

让爱的人去爱，让不爱的人学会爱，让远方是远方，让生活是生活，让未眠更加清醒，让从前种种变作背影，让雪中的世界成为归宿。没有什么事情是永恒，但分分合合的却是我们。剧情已落幕，爱恨已入土。

两面

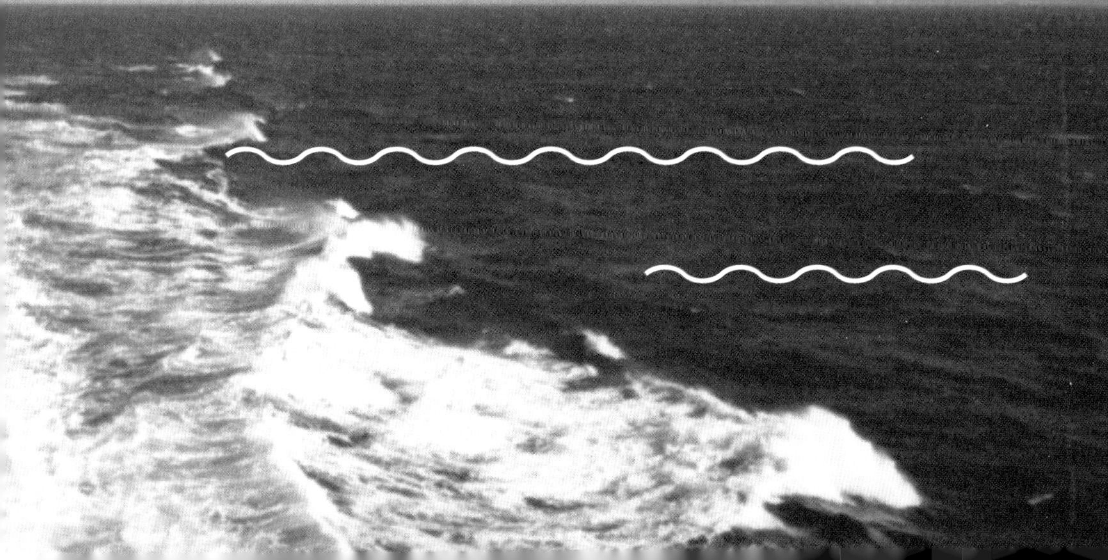

6月28日 09:30 p.m. 问题

我拥有的青春，它和我想象的有着很大的差距。可正是因为它的事与愿违，才让我活得更真实。如果事事都顺心如意，一帆风顺波澜不惊，那么生活还有什么意思呢？

因为前方有很多的无法预知，所以我们才对未来充满期待。谁知道下一个转角会遇到什么呢？是大雨还是彩虹？是平原还是沼泽？是云海还是大雾？

就把这些问题放在你的现在吧，带着这些问题一起远走高飞，你或许会在途中解开这些问题，也或许会一直存着它们直到下一个驿站。但总之，你不能因为它们而停滞不前，你还有自己的生活，还有那些真正值得你去关心的人事。

7月22日 11:10 a.m. 心底

我们把自己的内心切成一片一片，将里面的故事分别告诉不同的人，他们看到的，都是一个支离破碎的自己。没有人能够得到完整的你，哪怕那是要永远陪伴在你身边的人，我们也会保留一个自己，放在心底。

早就跟你说过，有些东西的虚假需要时间的验证。不要被那些外表所蒙蔽，那些假象再美好、再无畏、再平静，也无法掩盖腥臭的灵魂，终有一天，会腐烂，会发臭，会变成一摊无人想靠近的泥潭。

长 路 漫 漫 ， 与 你 为 伴

8月28日 11:30 a.m. 自己

我们可以铭记过去却带不走往事，我们可以指引未来却不能跨过现在。曾经想过我们真正能够停留在时间的哪个点上，但现在看来只是被它一直驱使着往前走。过去的难现在看来太简单，现在的难又无法承受，那些动人路途和漫漫探索，仅是为了心中某一个模糊的方向，但希望一路有人与你同行、与你为伴。

多年的青春期已经过去，所有的叛逆都已经被磨平，让人困惑和忧郁的时光也已经结束，生活开始朝着固定和模式化的方向前进了。这或许是一件值得开心的事情，时间精准地在某一个点上留下它的痕迹，不差分毫。任何时候，它都步步到位，跟不上的可能永远只有自己。

When you have a bad day, a really bad day, try and treat the world better than it treated you
- Patrick Stump

9月23日 09:25 p.m. 闲聊

中午和妈妈闲聊80后的婚姻，她说很理解现在孩子的想法，但也希望我们理解父母和这个社会。我也第一次知道父母有一种很严重的情结，这让我很惊讶，原以为他们都是很开明的人。她说：男人好像觉得自己怎样都无所谓，就算是个流氓，也得要求另一半矢志不渝。对自己都是自由主义，在别人身上都是马列主义。

有时早晨醒来，会一时间恍惚，不知道自己身在何处，四周看看，才能确定。有时会梦到许多奇怪的场景，比如墓穴、校园、海边、池塘、地下室等等，医生说是没有安全感的表现。尤其是梦到曾经的老师、同学居多，还有故人，许多场景凑在一起，也许，真的是对往昔的印象太过深刻，才会一次次盲目地拼凑，在梦中缅怀昨天。

9月19日 12:00 p.m. 相信

之前我总认为，文字是记录这个世界沧桑变化最好的方式，现在看来，我是错的。好时光，不外乎都是记忆，无论它是早就过去，还是刚刚离开。你说，旧时光是美人，我说，它美得让人心醉。而爱人也是如此。

你要相信会有这样一个人，会为你付出为你着想，为你开启全新的世界。这个人会让你觉得生活有了不一样的色彩，会给你做饭为你洗衣，会省钱送你喜欢的东西，会在暴雨里紧紧把你拥在怀里，会在做事前第一个想到你，会给你留下最美好的事情。

这个人或许离着你只有二十厘米的距离，你要相信。

9月25日 01:45 p.m. 第二

一直以来就对北京这座城市有一种莫名的好感和亲切感，远远超过了曾经生活的上海。不知道为什么，一进入这里，就有一种第二故乡的感觉。我在新书当中说，我们每一个人心中都有一座城，这座城，盛放着你的岁月，你的年华，你最好的青春，你所有的悲欢离合。你的那座城，是哪儿呢？

很多时候人是活给别人看的，别人说你过得真好，那么自己也会觉得真的很好，同时也在盯着别人怎么生活。于是每一个人的脸上都是窥探和欲望，有时觉得生活很苦，也会觉得不能让别人看扁，所以要坚强。其实只需关照内心，没有必要拿其他人做参考，他做不了你，他怎么知道你走过的路，他怎么明白你的乐与苦？

TAKE
THE
RISK
OR
LOSE
THE
CHANCE

未完成

贰

给自己的一封信

请你给曾经或未来的自己手写一封信，

成长是一件美得辛苦的事情，愿你活成自己期待的样子。

章

叁

不　迷恋永恒　只为心安

nothing is settled foever,
just pray for tomorrow

岁月
虽好，

别
太贪杯

扫描收听有声版

01

曾经，母亲说这个春节就这么过去了，我打趣说还有二月二龙抬头啊。母亲白我一眼说这是懒蛋的活法。那时我就在想原来怎么活也有讲究啊。儿时，我只是期盼玩具、期盼假期、期盼零花钱，而当年岁渐长，曾经的一切信手拈来时，就开始期待更为高远的东西。

比如更好的生活，比如稳定的感情，比如那个白首不相离的爱人，还有更多更多。

曾经我们感叹岁月如白驹过隙，往日不再来，而今慢慢学会随遇而安，活在当下。每个人都有不同的际遇。回首往事才明白，岁月虽然给予每个人的结果不尽相同，却在漫长的时光里，用成长的故事，用类似的口吻告诉我们，有路且走直须走，莫待逝去知珍惜。

踏上新的道路，遇到不同的风景，一路的付出和收获都在这经历之后显得愈加清晰。那些与我们相伴的人，他们不曾停下匆忙的脚步，那些错过的事情，已经消失在转身离去的背影里，人生没有到不了终点，只有踌躇不前的脚步。

想得却不可得，你奈人生何，该舍的不舍得，只顾与往事揪扯。

02

年少的时候，因为没有经历过，所以不懂得如何去生活；因为没有爱，而不会爱；因为没有恨，而不会原谅；因为没有畏惧，所以无所谓退让。

我们在曾经的时光里放肆、胡闹、任性、伤害朋友与家人，当最终，或许是一件事一个人，或许是某个时间的转折点，我们经历了爱恨，我们品尝了痛苦，我们失去了爱人，只有在那个时候，我们才会明白，曾经那些我们伤害过的人，曾经以怎样的宽容和理解，无条件接纳了自己。

而当我们幡然醒悟时，有些人事已经远去，有些爱恨早已湮灭，有些过往的痕迹被时光摩擦得点滴不剩，只有自己一边痛惜一边隐忍，继续走我们的道路。而青春，也早已与我们擦肩而过了。

学生时代学过井底之蛙的故事，老师苦口婆心地教导我们要考学，要去更大的世界，只有见识了未来的广阔，才知今日的浅薄，只有明白天空的高远，才知视线的狭隘。现在想来，老师的话不无道理，一个人，只有在经历过了比自己承受能力更强大的事情，只有见识了比自己优秀的人，才能明白自我的微不足道。

也只有在历经风雨之后，当你站在了新天新地，你才会真正懂得，所谓的井底之蛙，不过也是相对的，我们永远都要走在探索的路上，我们也永远不会真正看透这个世界。要做一只不断跳跃的青蛙，哪怕伤痕累累，也别忘记，在这个世界上，总有一个落脚点，支撑你，看到更加广袤的天空。

当你不去看世界，感觉这个世界浩瀚无边。当你踏出第一步，这个世界就在你的眼

前。当你有一天明白人不可能踏遍世间各个角落，但可以用心去丈量内心的广阔，你就已经变成了和曾经不一样的自己。你会遇到更好的人和事，你会留下更好的曾经，你会把这一切的爱恨化作可以原谅的事情，镶嵌在你生命的历程中，成为点亮前路的闪烁光芒。

曾经你说来就来，说走就走，果断坚决，不留后路。但人生不是一个活法，也不会只是一种方式，行路的艰辛与快乐并存，经历的错失和所得对立，我们目光所及的范围，就是我们人生的宽度。

而这些更好的所得，也会对你温柔相待，让你变成一个更好的人。

03

在你的交际圈里，会有这样的人存在，他们看起来客客气气，文明礼貌，但却总会给人一种距离感，初始会觉得不太好相处，不圆滑不世故，甚至连一句玩笑都讲不出，会觉得他一定不想被打扰，不愿意和别人深交。但是当你真的有困难勉为其难对他开口，却会发现那个人不是你想的样子，他做事缜密周全，他出乎意料地热心肠，他设身处地为人着想。他身上有无数你没有察觉的光芒，瞬间缩短了你们彼此的距离。

之后你们或许就会成为无话不说的好朋友，你渐渐发现其实这样的人不是高傲冷淡，也不是清高虚假，而是在这个世界上，真的存在这样的人，不习惯热络地打交道，不去刻意维系自己的人际关系，也不愿意打扰别人。

这样的人，清清冷冷活在这个世界的角落，等待一些人擦肩而过，等待一些人长久停留，不求人来人往门庭若市，只愿懂得的人，永远住在彼此的心里。

前几天有一位朋友给我打越洋电话，哭着告诉我她出国之后的种种困难和艰辛，我好言相劝之后挂了电话，点了一支烟依在阳台对着浓浓的夜色。想来朋友那边应该是下午，有着午后温暖的阳光，绿色的草坪，新鲜的空气，还有和这里不一样的世界。

有些事情我们一再经历却从没有真正放下，有些道理我们一再讲起却从没有真正领悟。没有谁的一生是一帆风顺，无论我们看起来多么坚不可摧，总有一些事或者一些人在内心深处被我们尘封着，路上的艰辛，只有自己知道，这样的道路啊，只能一个人走。

磕磕碰碰的成长我们无法避免，我们可以痛苦，可以悲伤，可以哭泣，可以打一个电话和好友倾诉。但别太纵容了那些无谓的情绪，别让你的未来沉迷在悲伤里无法自拔。我们的双眼是用来好好看待这个世界的，而不是终日泪眼婆娑模糊了方向。

我们能够做的，就是且走且等待，如果失去了勇敢和坚持，那么会失去更好。不要因为惧怕遥远忘记起点，不要因为怀疑迷失忘记方向，哪怕生命跟你开了一个玩笑，也要咬紧牙努力坚持，因为你知道，你的路就在这里，停下便无人代替，只有经历过，才能成长。

我生性寡淡，自己不太习惯把内心的苦闷告知旁人，因为我知道说了也只是暂时的解脱，别人的安慰和同情其实也无济于事。哪怕心里阴雨连绵，表面也是不动声色。就算内心痛苦难当，表面也风和日丽。就算被轻视、误解，也不解释不在意。只是要记得，时间是公平的，它会告诉强者，你该如何继续，它也会告诉弱者，你想要的，远远还未到来。

只是想告诉我的朋友，有句话说：太多的为什么，没有答案；太多的答案，没有为什么。一切皆有定数，求之不得，弃之不舍。唯有内心变得更加强大，才能真正保护好自己，保护好你珍惜的人。就把这一切，都当作成长吧。

别太抱怨别太伤心，再不好过的生活，再难过的坎儿，咬咬牙，也就过去了。

04

前几日我在知乎上看到一篇文章，说自己如何在大城市奋力拼搏，又被迫回到家乡安逸生活，在面对现实和理想的巨大落差前，作者的一些话直达心底，让人共鸣。而巧合的是几天之后策划发给我新的节目策划，恰好也是这篇文章。

在原帖的回复中，也有人对这样的经历和对梦想的诠释嗤之以鼻。我想起曾经我写过一篇文章，录制了节目发布，也遭到了类似的非议。一面有人感叹追求梦想的不易，一面也有言辞激烈质问是否真的懂得什么是梦想，扔下家人、扔下安逸外出打拼就是所谓的梦想吗?

作者在文章中描述了自己奋斗的经历，又感叹了回到家中的诸多不便，列举了家乡的种种不好来对比上海的优越性，最后，作者在结尾这样写道：你以为我不解亲情，为了一点钱放弃家乡到4000公里以外的城市拼得昏天黑地，看不到父母日益年迈，就是为了回来过年聚会的时候喝着咖啡笑着告诉你我收入比你高？那些放弃了家乡富足的生活去一线城市打拼的，都是有理想有希望的孩子，他们才是这个国家改变各个领域的希望。在大城市奋斗的孩子和那些在小城市养尊处优的孩子，到底谁才是价值扭曲?

我虽对作者的经历感同身受，但却不太赞同他的结论。人与现实的对抗自古以来就从未停止，梦想和现实在旁人看来是对抗和对立，但凡事都没有绝对。不能说在大城市打拼的人就一定都会成功，也不是小城市的安逸就可以毁掉前程，一切只在于你的内心与作为。如果只是一味看到环境弄人，最后只能自我折磨，沦陷为现实的棋子。

家乡虽然相对落后，但它养育了我们的性情，有挚爱的父母和亲人，大城市虽然时尚光鲜，但各人的辛酸只有自己明白。如果只是把梦想当作生活的目标，或者依托在现实环境里，最后肯定会带来连锁的心理落差，正如作者一般无所事事、郁郁寡欢。

于我而言，梦想和现实可以保持平衡和统一，现实虽然残酷，但梦想何尝不折磨人？现实虽然世俗庸碌，但梦想又有几个遗世独立？能够在都市的夹缝里找到自己的存在固然是生存之道，但既然在家中工作已成定局，就不要再怨天尤人。环境是会改变一个人，但如果内心坚持仍然抱有梦想，就会从这不再完美的环境里，找到实现最初梦想的出口，依然存有希望。

你甘愿做生活的陪衬，你心高气傲要活出自我，都是你的选择，任何内心的遵循带来的不仅是一份生活方式的抉择，更是人生道路的重新观望，在春华秋实中结出的硕果，有时香甜有时苦涩，都是此时种下的因。这短暂的一生，梦想不重要，现实不重要，重要的是自己活得开心和顺心。

朋友提议用一句话总结自己过去的生活，我回复说，不忘己初，无愧于心。我想，只要能够顺从内心而活，处于什么样的环境怎么活都不重要。你现在是怎样的人，就应该学会走怎样的路，这路上的种种前因后果，你遇到如何的人，经历如何的事，你明白怎样的道理，失去怎样的曾经，都是心之所往。正如文章的题目《春花虽好，也要期于秋实》。梦想与现实，犹如性格不同的孪生，在现实的基础上去实现梦想，在梦想的背面兼顾现实，才是我们真正应该学会的，这才是实现自我的正道。把那些浪费在犹豫和埋怨的时间，用来认清和了解自己。一味陷入自己的困顿中无法自拔，并不能让你变得更加强大，充其量只是自欺欺人的满足。只有让自己活得更自由，更无畏，才能成为自己的主人，未来怎么做，怎么度过明天，才是我们最重要的事情。

未来是自己的，也是芸芸众生的，但归根结底，还是自己的。

05

新的一年，我们会遇到许多人事，我们也会遭遇更多的艰难。生活也好，梦想也罢，人生也好，感情也罢，反正他们来来去去，又不得自己。谁是谁的过客，谁是谁的终结，我们不得而知。

那些人事三三两两到来，有缘共同度过一段旅途，需要珍惜和感恩，若无缘继续陪伴，也要留下最美好的回忆，没有必要苛求，更无须勉强，任何时候都给自己留一条后路，给彼此最后的美好印象，道声珍重，各自安好。

当生活一言不发，唯有内心才知道自己真正所需，人生这么走一遭，沧海桑田后依然能够懂得爱恨，知晓珍惜，才是生活的意义。爱过的人，经历的事，只剩下时间会告诉我们最后的结局。唯有自己经历过，才会懂得哪些人不会离开，哪些事永远铭记。

人不要活得太艰难，也不要活得太随便。生活的点滴好像海边的沙石，有些留在海边，有些被海浪卷走，有些被人拾起，有些被人忘记，每一颗小小的石头，都有自己不同的悲欢离合的命运，它的来去不由我们控制，但却源于我们最初某个瞬间的微弱念头，我们不会忘记，也无法重来。

相聚和离开都是我们无法控制的事情，过去的不再来，曾经的不可重得。一年的时光比我们想的要快得多，下次的分离或许近在咫尺。有人会陪你到永远，有人会陪你走一段，都是好的。不管是如何的人事，曾经与谁为伴，无论你身在何方，都要记得感恩自己，善待生活，因为你明白，下一次离开的，或许不是他人，而是自己。

生活会让我误入回忆当中，年少的我们走着笑着，恍如十五六岁稀松平常的陪伴，伙伴开心的样子感染了我，我也不自觉欣喜起来。突然我觉得那些曾经难堪的日子一下子就这么过去了，我应该像年少时那样的无所畏惧，不管时光过去多久，我们都要勇敢如初。

不要担心生活不给你最好的，它其实早就看穿了你的一举一动，给予了你最公平的回报。不要着急去想生活的意义，只要你继续往前走，总会遇到更好的。我们都已经走了这么远了啊，你还在慌张什么，不妨就这么一直走下去吧。

岁月你别催，该来的我不推，该还的我还，走远的我不追，走过的不后悔。就让得到的淡淡地来，就让失去的好好地去。来便来了，来了就珍惜；去便去了，去了就回忆。不要和过去的事情过不去，因为它们终将过去。

不带着任何过分的期望与怀疑，就能自在地与一切相处。

岁月虽好，别太贪杯。

爱情

不能如诗
不能如是

love, and

be loved

扫描收听有声版

事情要从前几天的一个APP说起。

几天前一个APP上刊登了一对情侣的回答，问题：你为什么不愿意和我一起看韩剧？哪怕在看的时候和我待一会儿呢？

男朋友的回答很有意思，他讲了一个前任的故事。当前任发来一条犹如韩剧对白的分手词后，男人讶异地想，为什么不想一起看韩剧，因为我想跟你一起在现实里活得真实一点。你看完一部又看一部，一步一步似魔鬼的步伐？

男生最后写：爱一个人有很多方式，用彼此舒服的方式相爱。我更想在我们的生活里主动，而不想在别人的故事里感动。

果不其然，第二天我的朋友圈里，许多人用各种论调和金句进行点评。有人说女生就是“作”，看个电视剧非要套进现实，也不瞧瞧自己是不是貌美如花。有人说男人完全是下半身思考的动物，跟他们营销一些浪漫桥段就是对牛弹琴，说了也白说。

到公司后，有个女同事眼睛红红的，我问怎么了？她唉声叹气地说，昨天因为给男朋友看了一下那个问题，结果大吵一架，男朋友夺门而去至今未归。

我试探地问，你们吵架的点在哪里？姑娘说，只是说他应该懂得点儿浪漫，女生不太喜欢现实，脑子里还是有个童话故事，希望可以有更美好的爱情，哪怕结婚生子，两个人也总得有些浪漫吧，不然还能叫爱吗？他骂我每天看韩剧不干家务，他自己也不是忙着打游戏吗？

我笑了，你俩五十步笑百步，谁也别说谁。

我曾经问过身边的女性朋友，为什么那么喜欢看偶像剧或韩剧？答案几乎是相同的，高富帅、富二代，穿着剪裁合身的大牌衣服，各种机缘巧合、阴差阳错爱上一个屌丝女或身世可怜女，双方一开始是各种误解、看不惯，然后再来几个男配和女配或掺和或搅和，二人萌生爱意，在“欧巴”和“阿加西”之前来回转换。然后再出现一场大的变故，俩人又决裂，最后男配女配再掺和或搅和，最后修成正果“擦狼黑”。

这套理论连我老妈都知道，我妈是典型的韩剧爱好者，曾经受《我爱我家》和《洗澡堂老板家的男人们》的侵蚀，以为韩剧动辄几百集，后来才晃过神来，原来视频网站有这么多俊男美女和哭死人的情节，抱着我的iPad每天都感动得鼻涕一把眼泪一把。

我曾经好奇地问我妈，你都五十几岁的人，怎么还能看这种给少女看的偶像剧？我妈瞪我一眼，你懂什么？哪个女人不懂爱？谁说只有少女才怀情？

我扶着额头走远，我真觉得我妈可以去当作家，我歇了……

细细想来，女人在面对情感时更加感性一些，他们会把诸多不圆满地现实状况回避到自我对影视剧的依赖里，我妈就经常借着某某片里的角色数落我爸不喜欢旅游等等。女人骨子里的浪漫基因，确定了她们要去建立一份最浪漫的期许，而这种浪漫，是不允许现实所触碰的模糊的美好。

而男生的浪漫基因对比女生而言，是另外一种属性的产物。从生理来讲，女生的感官刺激是从皮下大脑散发出来，作用于脑神经并且在右脑较为敏感。而男生的感官是从肾上腺直接刺激，作用自男人的雄性荷尔蒙。

这也就是为什么，女人的浪漫是和你看电影、吃西餐、逛公园，而男生的终极浪漫是把你推倒。当然，现在很多女汉子也说我想给你生个猴子。这……不算我说的范围之内吧。

从另外一个层面讲，男生和女生在对待现实中的爱情态度上也有着本质的区别。比如在一个APP里的问题，男生讲的前任打伞的故事，女生希望男生可以和电视剧里一样，将他的外套披在自己身上，说笑着等待天晴和彩虹，而男生则是希望拉着她赶快找一处躲雨的屋檐。

你说谁错了？基于我之前所谈的几点，他们都没错。女生更多的是顺应的性格，所以女生在感情里处于弱势，并且习惯在突发状况到来时承受和等待。而男生大多是强势性格，有占有欲和保护欲，希望在突发情况到来时以最直接的方式冲突和抵抗。

于是，对于爱情而言，女生大多如诗，男生一般如是。

那究竟浪漫是否存在于爱情的始终？我想浪漫是恋爱时我们所想的词语，到了婚姻之后，换成情调可能会更加妥帖。

我的舅舅和舅妈都是很普通的人，舅舅是中学老师，舅妈在银行做职员，也是偶像剧的爱好者。他们柴米油盐二十年，两个人都是会营造气氛的人，或者说舅舅在这方面比较薄弱，比起舅妈，他的性格可能更多的是期待和配合，而不是营造。

但舅妈生性活泼好动，四十多岁依然和小女孩一样热衷新鲜事物，比如某些纪念日去过二人世界，在环境不错的西餐厅吃饭，舅妈会把这些事情做成小惊喜等着舅舅的惊叹声。舅舅虽然想不到形式，但会提前准备好一束花或者小礼物讨舅妈欢心。

逛商场这种男人最讨厌的事情舅舅也一样不喜欢，但他不介意在舅妈逛街回来后对她选购的东西加以溢美之词。而且舅舅会用很多小心思讨舅妈欢心，比如自己亲手做的躺椅，保存所有他们一起去过的影院、公园、旅行时的票根，会用心地给舅妈煲汤，会在下班后带着舅妈去超市瞎逛，会主动洗碗和承担家务。他会在自己有限的条件内，制造出生活的乐趣。

我曾经偷偷问舅妈，你那么爱看韩剧，韩剧里那些男人可都是金主，舅舅不算事业有成，你不会埋怨他吗？舅妈抿嘴一笑，你傻啊，韩剧里那些人能和你舅比？你舅那是活生生的。

我一时糊涂了，那韩剧里的人也没死啊！舅妈敲了下我的头，偶像剧再好，也不能变成真的，也不是你的，只有身边的人才是真的，他不好你就改造得让他好，他好了你不就是得了便宜？身边的人才是要过一辈子的。

我揉着被舅妈敲疼的脑袋说明白了，恍惚间我觉得舅妈也是个作家吧……

相对于像偶像剧一般绚烂的情节，女生则更容易被现实中这样关照自己的男朋友所打动。可是，当你遇到一个无动于衷的男生，可不就要把那些烂俗剧情死活往自己身上套了。

对于一个喜欢能够在生活中制造情调的男生，他的行为会让自己的女朋友觉得比那些偶像桥段更加浪漫。但遗憾的是这样的男生不多，有的也不“直”。于是，爱情中的如诗还是如是，需要男女双方去沟通和调节，万万不要都由着自己的性子来。

其实，所谓的韩剧和活在现实之间的矛盾，是男女双方在爱情初期的磨合问题。在爱情经历多年之后，生活会把爱最初的感觉侵蚀干净，那时亲情的陪伴和责任会成为每日的主题，不再需要揣测彼此的心意，也用不着刻意的浪漫，他们会把对彼此的爱传给双方的亲人，也会把彼此的爱传给下一代。这样细水长流的爱，才是持久的。

想对姑娘们说，妹子啊，你的另一半一定会在某个时刻没办法如你期待的那样满足你，但你你选定了他作为你的伴侣，就要去包容他的缺点。他无法完全体会你的内心所想，那么你可以说给他听，试着去理解和沟通，而不是责怪和埋怨。你肯定明白，爱的携手，是心的距离，你要去贴近距离，而不是疏远。有话好好说，一哭二闹三上吊不解决问题。

再对男生们说，哥们儿，主动一点，女人总归是浪漫的，你费尽心力追到爱的女人，就要去小心呵护她，老婆终究是用来疼的。天塌下来你顶着，可后院她却替你在打扫，还要为你生儿育女，陪她看个韩剧又如何？你看世界杯时，她不也喝着啤酒跟着你傻乐吗？将心比心，看似委屈了自己，却成全了爱情，家和万事兴，最后得逞的还是你自己。

爱情不能如诗，因为如诗一般的生活剔除那些真实的平凡和琐碎，爱会变得缥缈，丧失了根基和安全感。爱情也不能如是，死板教条总归只是写在攻略里的条框，生活的调剂是保持爱情新鲜的必需催化剂，有了调剂，你们才能更加了解对方和相爱。“擦狼黑”……

你有你的内心浪漫，我有我的关怀方式，无形有形，见招拆招，这就是女人和男人，这就是你们看似不同却殊途同归的爱情。

When you said your last goodbye,

I die a little bit inside.

扫描收听有声版

只身打马过草原

你是不是太跟别人计较？你是不是经常只想到自己？基督为了我们的罪，奉献了自己的生命，连哥哥都可以为了袒护你，替你受了惩罚。你要感激别人替你做的一切啊，你又何曾替别人做过任何的奉献呢？

——《牯岭街少年杀人事件》

这会儿，我说："我口渴了。"其实我并不是真正的口渴，只是突然觉得想一个人待一会儿，想一些无厘头的问题。

你笑："好的，我去买水。"

我张望四周："好像没有什么卖水的地方。"

你想了想："那你多等我一会儿。"

我点头。

“看见了吗？那两只白鸽子，它是屈原遗落在沙滩上的白鞋子，让我们——我们和河流一起，穿上它吧。”

想些什么呢？从前一段时间开始吧。某一天半夜起来突然小腿抽筋，一个没有站稳就要摔下去，龇牙咧嘴地扶正撞歪的椅子，静悄悄走出屋外，从冰箱里拿出剩饭，开了厨房的灯，靠着水池，推开窗子，就着冷风一口一口吃，水池里有莫名的下水道的臭气，像是抱怨的女人，无人时翻涌出了一波波的愤怒。

我是喜欢黑暗的，好像很多写文字的人都是如此。黑暗和光亮最大的区别就是安静和热闹，相对于光亮来说，黑暗才是真正的永恒。它似乎没有生命力，一切的生物看似在光中才可以繁衍生息，但准确地说（科学论证），在真正的黑暗中，生物才有了休养生息的能力——当然包括人。

走过一座小镇，和并排的陌生人凑在油腻的桌子上吃饭，阳光也让人变得陌生，唯有在黑暗中，才感觉到了熟悉。

“黑暗旷野，不顾一切都能穿越，只身打马过草原。”

曾经和友人去西塘，我一直以为是上海的某个地方，后来才知道它属于嘉兴。一路上有说有笑，朋友还非常不客气地和旁边的外国人换了座位，原因是我们想要打牌。周围的人都凑过来，我拿起相机看着窗外的风景，结果发现其实没什么可拍。

那是一个偏僻的地方，还是夏天，后背上都是黏稠的汗水，我们三人一家家寻找旅馆，最后找到了靠河的房间。穿过幽深的小巷，就可以来到一片空旷的地方，四周的景色美得让人恍惚。

白天人声鼎沸，吃饭的人异常多，景色也平常，朋友说要小憩，到了晚上再出来闲逛。我白天通常难以入眠，只有坐在房间外面的露台上四处张望。今天想来，那是怎样的境遇，仿佛是一部分曝光的胶卷，似是从墨水中脱离出的微光，一点点，一点点扩张开来。晚上的西塘让我感觉熟悉，好像去过很多次的某些古镇，红灯笼，大排档，某户人家电视机的声音，小孩子一闪而过的嬉戏，更多的就是乌篷船，还有各种各样的人和味道。

买到了孔明灯，结果不得要领，手忙脚乱地烧了一只，围观的人都兴致勃勃地观看，时不时和我们一样发出夸张的叹息。后来终于成功放起，大家一阵欢呼，满脸喜悦，虽然它们并没有上升多长时间，那儿夜风大，多半都在半空就被点燃，然后掉入河中，有一只甚至掉入了民居里。我们计算着如果烧着了，得给人家刷多长时间碗才能赔得起这些百年的老屋。

第二天便要返回，在一家似是同龄人开的旅馆里喝茶，那里房价惊人，但茶的味道很好，朋友第一次给我们泡茶喝，彼此对望，微微一笑，似是多少恩怨纠缠都泯灭在这茶中。拿起相机拍下旅馆中睡觉的猫、郁郁葱葱的花草、藤椅，大家商议也要开一家这样的旅馆，甚至还激烈地讨论起了选址和资金来源。

无法言说那次短暂的旅行，那是唯一一次和他们的旅途，好似穿过了很长很长没有尽头的隧道，来到了一片暂时存在的天地。又宛如分别在两个时间里做了同样的事情。那些长短不一、缓慢的时刻，从此，交给了记忆，也交给了自己。

也许，这是唯一一次，也是最后一次与他们同行。比远方还远。

“村庄中住着母亲和儿子，儿子静静地长大，母亲静静地注视。芦花丛中，村庄是一只白色的船，我妹妹叫芦花，我妹妹很美丽。”

圣歌之后的破碎，是我刚刚看到的句子。许多人都会有这样的习惯，比如将自己的所有情感都沉溺在音乐里，比如猜测那些黑暗中依然光亮着的房间。它是特别的，亦是普通的。我所能想到的，都是一些如意或者不如意的怀念，在不断的时间递进中，我们最后获得和失去的，它们的比重，诸如此类看似深奥但却无法知晓答案的愚蠢问题。

我总是在想，或许我们最后的收获，包括身体、爱人、健康，再加上金钱、名誉、地位，这些真的假的、虚的实的收获会随着最后的死亡消失殆尽，一同变成了盒子里的粉末，在那高温的煅烧中变得没有意义，包括我们曾经对这个世界的认知。但是如果有某些句子或是词语能够形容我们的世界，我希望它不是平淡的，起码不是平庸的。

说过的也好，幻觉也好，真实也好，虚假也好，都不是平庸的。

记得一句话：我不要以活着的惯性活着。

最后要的就是这个结局，完胜。没有人想过完胜之后的事情，以为完胜就是终点。但是身体里的细胞都在力量的催化下继续燃烧着，把完胜慢慢熔化，重新变成了起点。也就是说，在一次次的胜利之后，只是一瞬间的喜悦和满足，而更多的，是沮丧的开始和无奈地继续奔跑。

变强大，换个词语，就是身不由己。

“五月的麦地上天鹅的村庄，沉默孤独的村庄，一个在前一个在后，这就是普希金和我诞生的地方。”

再过一天，身体里会有新的物质出现，也会有旧的垃圾离开，窗户外面的尘土又会覆盖一层，有些人老去，有些人新生。再过一周，未吃完的罐头会慢慢腐烂，被细菌侵蚀的表面微微渗出了青色，照片里多了影像，许久未看的书微微卷起了毛边，有灰尘在上面舞蹈。再过一年，窗帘换了颜色，对面的空房子终于住进了人家。

再过十年，搬家了。你还记得曾经的自己，还记得曾经的那些人么？

当一个人逐渐开始被岁月推着走，因为生活的惯性而活，原先所有应该浪漫的因素开始更快被平凡的时光所打磨和清洗，那么那些曾经梦着的日子，就会越来越远。还有多少个时光让我们去预知，貌似有几十年，中途休息，长期赶路。

几十年后的未知犹如凶猛的海啸。突然想起那一天坐在海边，身边的你已经睡了过去，行李就放在旁边，我们即将离开。海朝着地平线的方向一路奔去，在对折处扬起了风帆，潮水推上了破碎的贝壳，风很小，有人在旁边静静地走过。我已经想不起那个时候的自己想了些什么，但是估计是想起了故人、家乡和未来，心怀感恩，一个人面对大海，是善良的。

或许我那个时候觉得自己与你近了，或者是远了。我无法追上曾经自己的脚步，那个人仿佛脱离了我的记忆飞驰向前，我想起了我们的开心，想起了我们的争吵，也想起了我们日日夜夜相拥的幸福。如果真的有一瞬间，那么记下的，应该是你的微笑。那些记忆毫无征兆地从脑子里兀自跑出来，耀武扬威。

在很多个世界里，那些迷人的暧昧的情感，是怎样诞生的呢？

“珍惜黄昏的村庄，珍惜雨水的村庄，万里无云如同我永恒的悲伤。”

一生还很漫长，我并不是经常能够想自己的将来应该怎么度过，也不会考虑自己拥有如何的终章。它一定是我这一生都无法猜度和预测的结局。但就这样慢慢走着，走上一条又一条道路，走过山，走过水，走过村庄，走过森林，最后看到的，是什么地方呢？

我，你，最终会走向什么地方呢？那些我曾经的往事，不堪回首的过往，在未来，要丢弃在何处呢？

我想，未来的自己回忆起来，应该觉得今天是座桥，模糊的汽车是河水，身边行人是游鱼，张牙舞爪的高楼是森林，你是一朵盛开的花。抬起头，看着你从路的对面走过来，我知道自己的手在微微颤抖，嘴里有白气腾腾出来，恰好遮住了我即将落下眼泪的眼。

我又低头看着手机，文档里存着的是海子的诗。

文档的最后一句是：
——目击众神死亡的草原上野花一片……
你渐渐加快了步伐，毫不减速的车从你身边飞驰而过。
——远在远方的风……
你终于看到了我，绽开了微笑，扬扬手中的水，戴着的帽子微微有点歪，有点像小丑。
——比远方更远，我的琴声呜咽，泪水全无……
你快步走到我的面前，将水递到我的手里：“等急了吧，我稍微帮你焐了焐，但估计也凉了。”
——我把这远方的远归还草原。

“目击众神死亡的草原上野花一片，远在远方的风比远方更远，我的琴声呜咽，泪水全无，我把这远方的远归还草原。”

when you have
a bad day, a
really bad day,

我看着你通红的脸，看着手中的水，看着你弯弯的眼睛，那一刹那，我原谅了这一切。原谅了自己，原谅了别人，也原谅了你。我原谅了曾经伤害过我的人，我原谅了因为害怕伤害而做出的种种自我保护的傻事，我原谅了傻事中你和我扮演了同样角色但是却不自知的沾沾自喜，我原谅了在所有事情中我的占有欲和自私，我原谅了在处理它们时的自欺欺人，我原谅了为了成全自己而牺牲他人的残忍和恶毒，我原谅了爱情中那些以“我爱你”而滋生出的侵略和霸道，我原谅了你在面对我时的不安定和漂浮，我原谅了你一直以来的无理取闹和我的飞扬跋扈，我原谅了你的彷徨失落和不如意，我原谅了朋友对我的冷漠和孤立，我原谅了我面对冷漠孤立时的绝情和顺其自然，我原谅了自己在面对你时的一点点不耐烦和小情绪，我原谅了现在我在发呆时候的走神和无所知……我原谅，我真的什么都原谅了。我甚至可以再面对你的不如意时，开始耐心地站在你的角度为你着想，我也开始学习如何做一个更为妥帖的人，我开始理解了自己，也要开始理解别人，原谅了，理解了，我的朋友，我的兄弟，还有我的爱人。

再走走吧。真的走不动了。要不然我们打车？那还是走走吧，打车不用钱啊？我不是怕你累嘛。耸耸肩。继续走。笑容逐步加深，远处路在尽头拐弯，那里有棵大树，我走过去，站在树下回头，看到了自己。

“继续走吧，走吧，前方的路还漫长，那些未完成的意义和光景，等着你或你们去走过。”

心里有座坟，葬着未亡人。
我微微点点头，回身笑着拉住你。

走吧。

扫描收听有声版

每日我说·关于情感

1月11日 03:00 p.m. 干净

在心上的某一个地方，会有一块不容易被察觉的角落，那里放着我们的一些小事情，比如第一次接吻，第一次领到薪水等等。我依然记得初中的时候，那时候算是情窦初开吗？

喜欢上了一个女生，觉得她很好，于是就和她对着做事情。同样都是英语课代表，我想尽办法欺负她，不让她和老师直接接触，在老师那里打小报告，上课踢她的凳子让她不得安生，我实在是一个让人头疼的角色啊。之后因为要气她，告诉她我喜欢上了另外的女孩子，她还说，“和我无关”。现在想想……我的天，我的脑细胞含量是零吗……

很多的第一次都在这儿，有的记得有的忘记，太多的事情掩盖了它们，但它们从未消失，那意义毕竟是特殊的，走过了那一步，我们才成长。

1月16日 12:00 p.m. 容颜

也许每一个人都想拥有一个你所爱的人，一个真正让自己赏心悦目的人，好好去轰轰烈烈爱一场，哪怕这仅仅是年轻时候想去、要去做的事情。或许任何激烈的事情都只属于年轻人，属于在那些青春年华里特有的热情和奔放。而当年岁渐渐增长，我们步入中年甚至老年之后，就不再会有那么多浓烈的情感。因为回忆开始慢慢占据人生的大部分时间，在暮年时回想起来，年轻时，曾经有过一个人为自己赴汤蹈火，也会觉得很欣慰吧。

多年以后，平平淡淡才是要走的道路。或许要这样去想，每一个人的幸福是一样的，那么平淡或许也会雷同，所以我们在看电影看书时才会那么投入和专注，把自己放入了故事之中。每个人也会搭配自己合适的路途，怀有希冀地去过自己剩余的人生。

有个问题给自己和你：爱情当中美丽的年轻容颜，多年之后慢慢衰老，是否依然爱慕？

2月13日 01:10 p.m. 将爱

有人站在原地等待着一个拥抱；有人了为了一家人辛苦地奔劳；有人不断离开又有人不断寻找；有人为了爱遍体鳞伤、粉身碎骨。散落在天涯的那些曾经爱过的人，等也等不到，你们都还好？走失在时间旋涡里的那些执着的爱恋，忘也忘不掉，何时再来到？

有人说，婚姻是爱情的坟墓，也有人说，如果没有婚姻，那么爱情就会死掉，没有任何出路。虽然我赞成各种说法，但从内心里我觉得，爱情并非只有婚姻这唯一的归宿，但是这确实是最好的办法。也许你会觉得爱情到了最后变成了日常的柴米油盐，但经过日积月累，那毕竟发生了一些微妙的化学反应。有的爱情会变成友情，有的成为了亲情，有的深入了骨髓，而有的，却消失在了彼此的内心里。

记得有这样一句话，在这个世界上，有三样东西永远无法掩盖：贫穷、咳嗽和爱。想要掩盖，却成了欲盖弥彰，想要控制，却适得其反。只有当你放下一些的时候，才会发现还有一些，从未离开。一如那个默默守候着你但你却不自知的人。而爱情，是拒绝比较的，拿着自己的爱情和别人比较，拿着现在的爱情和曾经的比较，都是非常愚蠢的事情。

既然选择了去爱，那么就把你的整颗心都交给对方，把曾经的过往连同那些记忆一同埋葬在心灵的深处，把自己的心腾空，用来摆放眼下满满当当的爱情。其实过去的就是过去了，它无论如何都不会再回来，与其让过去影响了你的现在，不如让现在去影响你的未来。曾经的落叶，孕育了今天的果实，撕掉的日历，带来了今天的爱情。

3月9日 01:20 p.m. 分担

在我们度过的这些年里，来来往往许多人，有的也许陪伴你许久，有的可能只是擦肩而过。这其中，有好人帮助照顾你，也有歹人阻止你讨厌你，但这些人都是我们路上的伴儿，是无法割舍的心情。

也许遇到许多人都无法触动你的心，也许一个人就可以彻底改变你。不管在何时何地，那些出现的人，一些教会我们道理，一些帮助我们痊愈，一些与我们分享分担，一些给予我们真爱，但愿你拥有这样的人。

生活中一定有这样的人，他给予你的不是短暂的占有，而是永远的守候，你对这样的一个人是爱，而他于你是唯一。人的本性是想要追求永恒的，两个人在一起，就成为了这永恒的守护者，尽最大的努力去维护彼此之间的感情，成为了双方都在共同努力的事情。如果有这样一个人来到你的身边，请做好准备，做好要终生去守护的准备，不然的话命运会跟你开一个大大的玩笑，把你当作游戏。

2月22日 10:30 a.m. 习惯

昨天一朋友结束了一段四年的感情，他说终于不想在一起了。在此之前其实已经彼此厌倦，没有了感情，只是因为习惯，是个伴儿。有些事情，明知是错的，却依然继续，因为不甘心。有些人，明知已不爱，却依然在一起，因为要相伴。有些路，明知前方已经不再平坦，却依然要走下去，因为已经无路可走。

我看到的一段话写得虽然煽情，却很让人动容：爱我，就把你的手给我，我会一直牵着你，直到生命的尽头；爱我，就把你的心给我，我会把它和我的心放在一起，直到我的心脏停止跳动；爱我，就把你的悲伤给我，我会和你一起分担所有的忧愁，直到你不再伤悲；爱我，就把你的眼泪给我，我会用我的体温把它烘干，直到看到你的笑容。

有些事情，我们不能大胆直接说出爱或者是喜欢，有些感情，我们决定不述说不对抗就让它深埋心底。这些人事，只有彼此的珍重和静默才能够体现出它的厚重和真挚。这是选择后心甘情愿的独自分享，而证明这些感情的唯一缘由，是默默的付出，是静静的守候，是那些无时无刻的牵挂和思念。

爱情就是如此，当那些风景开始漫过心头，当蔷薇红遍山冈的时候，开始想念着一个人；当月光洒满窗台，当朝阳爬过山顶的时候，正在想念一个人；当秋风拂过耳畔，当落叶铺满街道的时候，依然想念一个人；当时间开始慢慢前行，当四季重新轮回的时候，一直想念一个人。想念和自我，总是相辅相成，每一个日子，都是想念的时刻。

3月22日 03:30 p.m.时刻

beautiful things don't ask for attention

4月2日 12:00 a.m

很多人事只是适合收藏，不能说，不能想，更不能忘。他们不会每天都在你的心里，无法变成你的唯一，但却扎实存在，他们或许是一片朦胧的光晕，照在你寂寥无人诉说的夜晚，他们或许是一段最后归宿的前奏，让你明白最后离开仅仅为爱。

当你真正爱一个人的时候，你就会发现他的好，当你真正看懂一个人的时候，就会发现其实他没有那么好，当你们分手的时候，他已经坏到了极致。但你是否应该想想，他现在变成了你心目中的样子，是为了你，还是为了他自己。

正如《最好的时光》里的那段对白，他说："别忘了，我们在一起的时光，是最快乐的。"她说："我想让你知道，其实你不在我身边的时候，我才是最爱你的。"

收藏

THE STORY OF A COLLECTOR

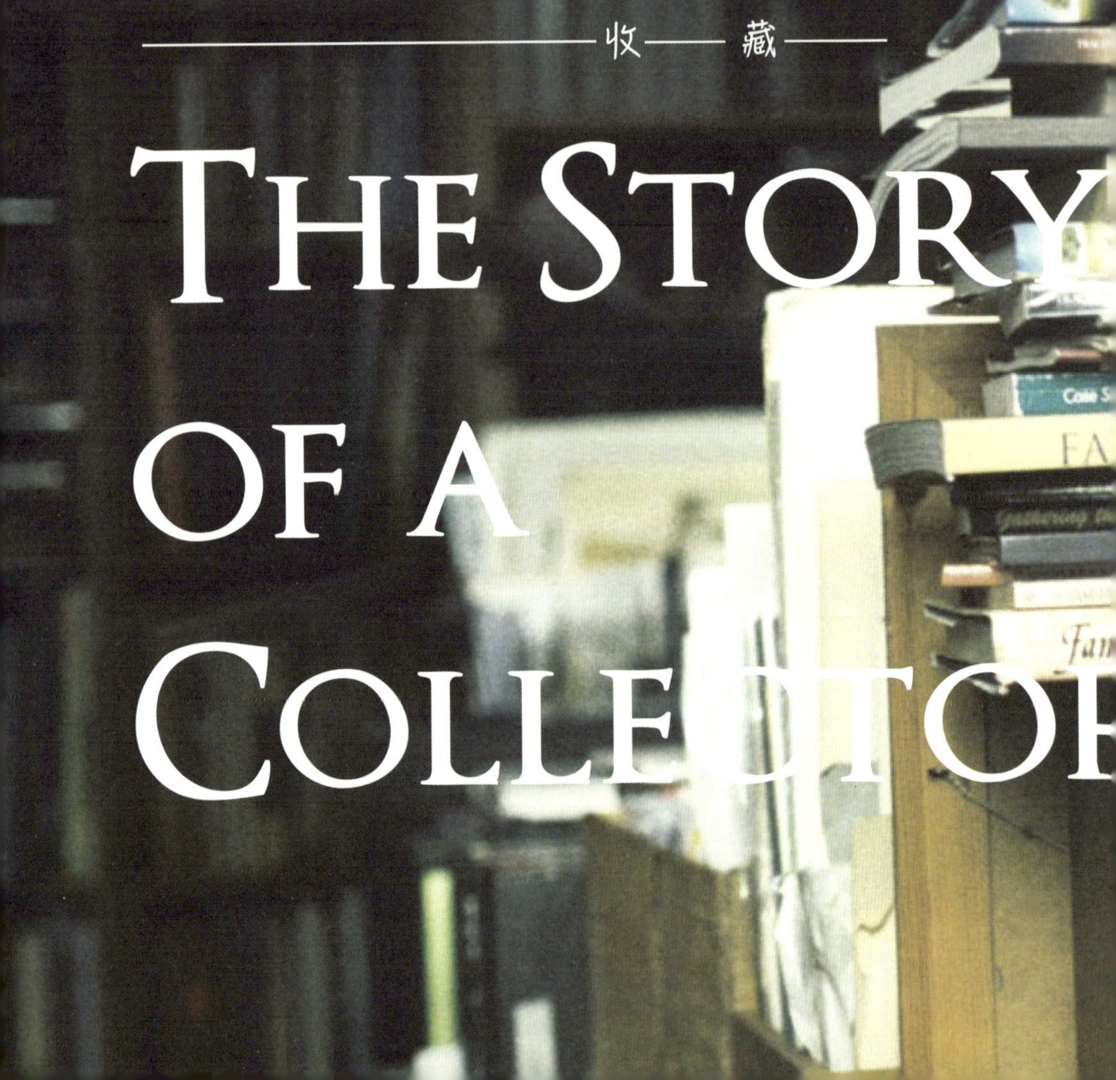

BACK TO THE TUDORS
ENVIRONMENT
An
Handbook
GAUDI
Management
DAVID KEYS
SKILLS IN
Learning

4月24日 10:45 a.m. 来去

看到一句话："爱不可怕，可怕的是爱得不够，更可怕的是爱得不够还勉强。"

关于爱可说的太多，我们最初都愿意简单而单纯地生活，遇到真心爱的人，做想做的事情，知道什么该做什么不该做。爱也是如此，初衷纯粹，而进程中却开始附加妄言之牵绊，于时间当中让爱或深或浅，时间越久，有些感情会愈加浓烈，有些则会渐渐淡去，淡去的就让它消散，浓烈的就好好把握。

还记得那句话吗？来是偶然，去是必然，随缘不变，不变随缘。

5月20日 02:30 p.m. 爱你

直到下午我才意识到今天是“520”，有各种的时间点对应出的甜蜜话，突然我想到了电影《奋斗》里的话：“老婆，我跟你提过，有个远房表叔，他在新疆有个茶园，我跟他联系好了，去投奔他，让他给我个经理做做。那幅画是我给你设计的商标，什么时候你在市面上能喝到自己名字的花茶，我就会回来，我一定会成为一个让你自豪的老公，不会再让你起早贪黑，不会再让你独自支撑我们的家，我向你发誓。”这就是爱情。

爱情其实是细水长流的，有人以为在爱中就需要轰轰烈烈。但其实两个人能够长久在一起，靠的并非是当初的激情，而是之后的相依为伴，如果其中一方只顾当下，那么这份爱情肯定不能长久，如果在爱中我们都是一个完整的圆，那么就穷其一生来完成这轮回。你知道你的爱人，他们希望的是什么样子的爱情吗？

DO ALL THINGS WITH LOVE

DATE

5/21 07:45 a.m.

包含

生活当中包含了太多的东西，爱情仅仅是其中的一个，但它却是生活的催化剂，它会让生活变得灿烂，反之也会变得阴沉。那么多人在爱情当中醉生梦死，那么多人又被爱情所伤，太多的意义其实旁人无法诉说，只能自己知晓，如果两个人在一起快乐幸福是那么简单的事情，又怎会在越来越现实的社会里被添加了那么多杂质，变得愈加沉重和无法担当？

或许这个世界上真的有纯粹的爱、纯粹的人，简单地生活，与幸福为伴。

不知道你是否还记得我们的约定，我们约好要在明媚的夏季一起去海边，走过那座干净城市里沿海的公路，看街边的三角梅，看骤雨之后的花丛，我们要拿着立拍得一张张挥霍，难看的送给你，好看的保存起来留作纪念。

曾经以为可以永远在一起的伴儿，因为时间，因为地域，因为种种你以为的理由，让你们分崩离析。其实细细想来，心与心的距离才是真正的可怕，不管你们身在何处，分隔多远，只要心中有彼此共同的守候，那么一切实际的距离都不是问题。但如果心中的爱在日益减少，那么这一切就会变得没有了意义，而那些现实的附加条件就会涌上心头，责怪起了时间。

6月8日 07:00 a.m. 所爱

也许每一个人都想拥有一个所爱的人，一个真正让自己赏心悦目的人，轰轰烈烈爱一场，哪怕这仅仅是年轻时候要做的事，也要义无反顾去做去体会。而在多年以后，平平淡淡才是要走的道路。每个人都会搭配一段合适的路途，怀有希冀默默等待，用其他物事来消磨时光，人生好似一艘船，四周无逃生口，就在其中慢慢腐烂。

如果爱情真的有一个出口，那么我希望它和建筑物里的安全出口一样，狭小，但有作用。

Together

当情感和婚姻逐渐稳定下来，当往日的热情逐渐归于平淡，诱惑就会像伪装得十分完美的陷阱一样，埋伏在我们周围。每天，每夜，诱惑如影随形，无处不在，无时不在。这时候，定力就显得尤为重要。坚定自己对爱的信念，牢记曾经许下的诺言，心无旁骛，诱惑就不再称其为诱惑。弱水三千，我只取一瓢饮。

如果我们都能够像这话中所言，成为了一个真正的君子，那么离着遇到自己所爱之人就不会遥远了。君住江之头，我住江之尾，共饮一江水。

7月6日 05:30 p.m. 迫使

不要以爱的名义，去伤害那些爱你和你爱的人，因为谁也没有权利迫使你如此去做。爱你的人如果你不爱，那么就给他们自尊和脸面，如果你爱的人不爱你，那么请你尊重他们的选择。我们因为有爱有恨，才让这个世界更加丰富，也正是因为了世界的这种多元，才可以完全包容你接受你。爱和不爱，有时不自知，其实是被动的放弃，而那缘分，自然也就结束了。

事实是这样子的：你放弃了，后悔；得到了，后悔。

生活有时会迫使你放弃很多，放弃美好，放弃机遇，放弃现在，甚至放弃更多我们珍爱的事情。但是，我们应该学会放弃，因为最后你不可能一无所获，它会让你看到更多新的世界，让你明白自己想要的是什么，也会让你更加冷静和执着，懂得如何才会更加快乐和轻松。

7月15日 07:00 a.m. 人事

有这样一个不太恰当的比喻，买东西的时候，我们只买对的，不买贵的。那么同样的，在某一座城市里生活，寻找生命的另外一半，我们也要找到那个和自己最适合的，而不是去找最棒的最优秀的。很多人觉得自己适合的真的很少，但我觉得在爱情中，只有合适，才能够真正长久。有人觉得适合的少，有人觉得适合的多但真正爱的少，心里的欲望总是填补不满，最后得不偿失的一定是自己。

或许当我们思念一个地方，不是因为那里的风景，而是那些在其中的人事，有那么一个人。一座城之所以能够深深烙印在你的心中，也可能是因为那里有和自己息息相关的事，有无法割舍的回忆，有放不下的人。

SIL

NO
MORE

GOLDEN

e sun will rise and
will try again

ENCE

it's GOOD that WE CAN GROW OLD

8月27日 03:30 p.m. 回头

现在人们总是喜欢说“认真你就输了”，摆出一种不在乎的姿态，其实心里还是在意的吧？比如在对待感情上，越是表面放浪形骸就越觉得内心空虚，这和多年前的状态很类似，不断想要去抓取却又欲速不达。忘记在哪里看到过一句话，说得很对，真正的爱情就像是自然醒，从来没有什么游戏规则，爱曾经是我也是你。

时过境迁，都已经不再是之前的面容了。就算不曾忘记过去的那些年少青涩时光，但是连一个普通的地点，也已经找不到痕迹，何况是人。任何事情，都在此时，都在当下。所以，当下活得尽兴吧，因为无法回头。

10月20日 02:10 p.m. 不正

我们在感情中总是埋怨对方，觉得没有遇到对的人，陷入莫名其妙的纠缠，对遇到的错的人、错的交集懊恼不已，我们埋怨了许多旁人，何时觉得是自己错了？

如果在感情里患得患失，是否想过是自己的过失？因为害怕孤独而盲目寻找，因为不愿意单身而开始一段并不合适的感情，敷衍了事并非只是对方的错，你感叹遇人不淑，是否想过自己的爱情三观不正？

11月3日 11:00 p.m.

一个不会爱的人，有时会遇到一个不懂爱的人，他们经历一场刻骨铭心的爱情，最后遗憾收场。不会爱的人会在这场爱情里懂得去爱，会成长会珍惜，而不懂爱的人却开始怀疑自己的付出是否值得，会退缩会放弃。

你取消了他的关注，但每次又忍不住搜索了去看。你删除了他的号码，其实脑子里一辈子也忘不掉。你关闭了你们的博客，可它仍保存在这个世界上。你屏蔽了所有消息，关于他的点滴还是不经意传到你耳里。爱，是他给了你勇气；不爱，还是要靠自己去努力。能爱是本能，会爱是技能，不爱是磨炼。真正能爱会爱的人，以爱之名，为爱付出，自然会得到期待的那个人。

我 敢

般

配

8
/
DEC.
/
05:00
/
A.M.

很多事情向别人诉说，并不是想寻找答案，而是再次笃定内心已想好的结局，以旁人的安慰作为出口，诉说内心的纠结和难过。别人的帮助总归有限，每个人都会遇到弯路和险滩，但有些路，只能一个人走。爱情也是如此，身边的朋友为你摇旗呐喊，但无法和你一同前行。未来属于自己，当然也只属于那个坚信未来勇敢前行的自己。

曾经有句很流行的话，大意是，在感情中无需寻找，只要等待。其实故步自封不能邂逅未知的恋人，还要继续前行。我们常说只有做更好的自己，才能遇到更好的人。我们要不断构筑内心，坚定爱的信念，让自己变得更加美好，才会遇到那个“势均力敌”同样美好的爱人。

所以，首先要让自己，配得上你所期待的爱情吧。

进

行

6 / NOV. / 02:35 / A.M.

经常有人把生命比喻成一场旅行，有人沉迷有人挣脱，旅行的意义说多了其实无非“舍得”二字，你舍弃掉的那些人事，生命终究会以其他的方式回报给你。

而你得到的，也许终有一天也会不自知地放弃。旅行是一场美丽的失踪，失踪是一场美丽的旅行。不是为了让别人能把你暂时忘记，而是为了让别人能把你想起。

这个世界，什么都可以安排，唯独你的心。这个世界，失去谁都不要紧，唯独不能失去了自己。以后还有漫长的道路，都要一个人走完，故事是昨天的瞬间，沿着长长的路，恍然如梦到永远。

如果开始没有考虑如何走下去，那么继续顺着内心的道路，做那个对自己慷慨、义无反顾的流浪者，让每一个想扮演自己的人，都尽兴。

There is

Guarantee

12月24日 11:00 a.m.

任何人事的告别，从难过到淡忘的过程，其实就是从怀念到不甘心直至最后接受现实的过程。人们常说时间是最好的治愈师，不要以为念念不忘的就永远忘不掉。那些曾经的记忆，在它们发生的那一刻开始，就成为了过去式。岁月过去，人物两忘，没什么放不下的，真正放不下的是你自己，你难过的情感熬过的时间，最终都会成为过去。

不是每句对不起都可以换来没关系，不是每次犯错都能有被原谅的余地。既然犯错，就做好永远不会被原谅的准备。这世上除了美食和爱不能辜负，不能辜负的还有信任。这也是成长的代价。

有——的

文章接龙

不要怀疑自己可以书写的能力，
我牵着你的手，带你去认识全新的自己。

开头：

我们所看到的都是过去，无论你在何时回头，无论你如何张望，那都是过去，只是有时过去很近，近得以为那只是现在。

有一个有趣的比喻，比如你看到现在的文字，在下一秒就已经成为了过去，只是它太近了，于是我们统一唤作现在。

……

文章接龙细则：

请你以此开头为文章起始，续写以下的文字，随笔或故事均可，字数6000内。

请将写好的文章发送到邮箱：ourjielong@163.com

远近为你准备了惊喜大礼，期待你发现全新的自己。

章

肆

虽有　黑暗　仍像早晨

some unknown darkness,
still like the fresh morning

往往最艰辛的那条道路，
能最早看到光亮。

扫描收听有声版

生活不只眼前的苟且

01

你可知道，当你突然明白生活不仅仅是眼前模样的时候，那时已经晚了。

所有曾经隐忍的时光，都意味着我们会有更多的潜能可以发挥，那些在你前面形成的旋涡，都是搅拌时光的迷药，你吞下它，然后目眩神迷，跌跌撞撞往前走，迷失方向。

我记得一句话，不要做只顾眼前的人，不要做一个正常的人，在别人眼里的正常，或许也有另外一个同义词——平庸。

02

前一段时间我在出差去台北的飞机上偶尔醒来，听到旁边的同事低低地抽泣，我拉下毯子扭过身子问她，怎么了。

她抹了一把眼泪告诉我，家人给的压力很大，总让她回去，自己在北京近十年，却一直没有归属感，仿佛这座城市的一切都和自己没关系。虽然做着看似光鲜的工作，但背后的艰辛又有几个人懂。自己想想，还是放弃吧，但是……

我插话说，不甘心。她点点头，对，不甘心。然后她不好意思地冲我笑笑。我没有多说什么，继续闭上眼睛佯装睡觉，但心想，不甘心，说明你心里还有梦啊傻姑娘。

梦想是一个很折磨人的东西，曾经有话说，梦想很丰满，现实很骨感。但经过这些年我才知道，这话其实错了，现实其实很丰满，但理想却很骨感。

有人说不相信奋斗的意义，也说梦想一文不值，有人因为无法得到心中所想早早放弃，有人不知道坚持下去究竟为何，也有人，在生活的百般压力面前，交枪缴械宣布投降。

生活把我们翻来覆去地虐待，而我们仅为一些大众标准而活，这样的日子就会活得顺畅如意吗？我不相信。

03

身为作者，我认识了一些编辑圈的老师，有些是刚刚入行的新人，有些是公司部门的总监，有些做出了畅销书成绩斐然，有些自立门户闯荡江湖。

其中有一位编辑老师，我曾经问她，拼死拼活到底为了什么啊？那时我处于写作的瓶颈期，对于目前市面上的畅销书看得不够，也不愿意去了解，在自己的世界里自怜自艾，觉得没有办法写出更好的文字。在和老师开会讨论时，我问出了这样的问题。

她先是一愣，然后拿起笔在我脑门上点了一下，为什么？为自己呗，难道就这么放弃了？你甘心？

我沉默不语，心里的答案不言而喻，于是我皱皱眉说，来，重新开始吧。

后来我认真思索了这份不甘心，然后明白一个道理，我们之所以生活在看似与自己无关的城市，我们之所以还做着一些旁人看来无用的事情，都是因为我们内心所想，想到的愿意去做，做不到想要放弃的时候，就会涌出一份令人心酸的不甘心。

或许，我就是因为这份不甘心，一直坚持了这些年吧。

04

这个世界上，有很多事情我们无法完成，你想要尽快腰缠万贯，你想要早日得名得利，你想成为人中翘楚，但是谈何容易？

一天晚上，我和这位熟识的老师坐在车里，各自点燃一支烟，她第一次对我讲起了她的故事。十年之前独自来到北京，那时是二十出头的年纪，为了爱情扛着行李来到这座陌生的城市，一切的生活与往日不同，住在半地下室里，每天做一点散工养活自己。

不久，爱情离她而去，她开始真正想要怎么度过以后的日子，后来因为巧合进入了图书行业，那时身上已经没有积蓄，借钱买了一辆二手自行车，每天上下班要骑车两个小时。

在黑暗中我问她，这样的日子苦不苦？她笑笑继续说，那时每天担心的只有两件事，一是明天会不会下雨，二是中午吃什么。

她告诉我，如果明天下雨或者天气不好，就要做公交车去上班，坐车要花钱。中午吃一份盖饭，舍不得吃完，留下一半留着晚上吃。8块钱就是一天的饭钱，后来附近开了一家新的饭馆，里面的黑椒牛柳盖饭特别好吃，但是要12块。

我默不作声，她深深吸一口烟继续说，新的饭店给的量也足，但是不能总吃，太花钱。而且总打包感觉也有点丢人，思来想去还是8块钱的更适合自己。

我冷不丁问她，不饿吗？她说，饿啊，那时瘦到只有80斤，不敢生病，不敢买东西，总怕花钱。我又问，这么辛苦怎么不回家？

她乐了，拍着我的肩膀说，现在不也挺值得？当你有很多路可以走的时候，去走当下的路，去做当下的事，往往最艰辛的那条道路，能最早看到光亮。

05

每个人都有自己的天赋，也有努力的极限值，这些先天因素都决定了你能否做好一些事情。但是不要忘记，所谓不相信努力的意义，所谓不想走艰难的路，其实都证明了你的心，根本没有做好接受未来的准备。

我曾经听过一句话，生活给予我们千百种生活方式，既然我们认定了其中一种，那么就走下去。如何走是你的事情，走到何时也是你的事情，既然都是你在做主，干吗要对不起自己，干吗要临阵逃脱？你逃离的不是你的生活，而是真正的自己。

我始终都相信所有的艰辛必然有它的道理，因为那是梦想的原始本质。

有人曾经在微博上问我，如果自己坚持的梦想一直没有实现，会不会觉得遗憾？我说，不会，但前提是真的尽力了。

尽力这回事说起来简单，但做起来却困难，正如老师的故事，简单几行字就可以说完，但细细想来，那些炎热的夏日，那些寒冷的冬天，那些无法面对的时光，她是

怎样独自一人走过来的？这其中的酸楚，又怎能是几行字可以描述清楚的？

我觉得努力是梦想的前提，也是尽力的回报，实现梦想是它们综合在一起的回报。你或许会因为在其中时难以坚持黯然神伤，但回头再看，一定会为曾经的努力而深深自豪。

如果说你的选择是做自己喜欢的事情，那为什么要放弃呢？如果在面对外来压力说是迫不得已，是否可以理解为是你的坚持不够呢？任何事情都可以有借口，但是在我看来，唯有努力和坚持，没有借口推脱。

因为在我的心里，坚持是我衡量是否对得起自己的唯一杠杆，而是否能够实现，取决于我是否真的对得起自己。

06

我相信，不管是什么人，如果能够懂得自己，无论选择怎样的道路都不会后悔，正如老师所言，怕的是选择之后一再后悔，将青春时光白白浪费在了抉择和纠结里，倒不如一条道走到黑。

我曾经打趣地问，走到底发现是死胡同怎么办？她说，那就一头撞过去，能够走到死胡同一定是走了很远的路，那时自己的身上早已有了坚硬的盔甲，刀枪不入。怕就怕还没走就成了软柿子，那就必定要受欺负。和我一起出差的那个姑娘后来告诉我，她之所以在飞机上情绪崩溃，是因为不愿意过坐吃等死的生活，但又不知道该如何坚持。现在我应该告诉她，当你不知道如何选择的时候，去走那条最艰辛的路。

谁都想要过好的生活，想买好的东西，想随时旅行，想一切都拥有，没有人喜欢艰辛，也没有人愿意一直劳累。但是，在你想要过好之前，首先要走过艰辛，不是每个人都可以累了就去购物去旅行，也不是每个人都会在困顿时马上醒悟。但是，你可知道，当你突然明白生活不仅仅是眼前模样的时候，那时已经晚了。

我们注定是有许多无奈的，梦是真，想是真，压力是真，困惑是真。所有的一切附着在身上的时候，自然会感觉到压力，那时我们都会想，不如就放弃吧，不如就换条路吧，因为眼前的一切所得必须抓住，往后的梦想不一定会实现。所以，就这么着吧，得过且过。

很多人都会这么想，于是很多人，都变成了得过且过的人。不要担心自己的生活即将结束，而是应该担心你自己的生活其实从未开始。

07

你是什么样的人，就会产生怎样的思维，拥有怎样的梦想。你相信它，自然它也会相信你，但如果你开始犹豫，那么你内心所想就会离你越来越远。我们不是应该突然明白生活不是眼前光景，而是从一开始就笃定，如果要遇到光明，一定要首先经历黑暗。

当你追逐你的道路时，这个世界注定会制造很多麻烦来困扰你，现实和压力也会束缚你前进的步伐，但这些都不重要，重要的是你有没有信心和毅力，重要的是你有没有一颗跳动的坚持的内心。我始终相信艰辛会让人成长，而努力一定会带来更好的未来，因为未来的自己，一定会感谢现在走过艰辛道路的自己。

生命终归是漫长的，我们所能依靠的只有自己。所以，管那么多做什么？该做的做，该走的走，流泪了就擦干，迷茫了就调整。你面向阳光，才能继续前行，而背后那些艰难的阴影，也会因为光的渐亮，变得无迹可寻。

生活不只眼前的苟且，还有诗歌和远方的田野。你赤手空拳来到人世间，为了心中的那片海，不顾一切。

扫描收听有声版
路漫长，
一路风雨又何妨

——2015年春节

01

1997年香港回归那天，父亲带着我去了一趟乡下，去见一个瞎眼婆婆。我在路上一直问：爸爸，我们这是要去哪里？还能赶回来看电视吗？今天香港回归我必须要回家。父亲瞪了我一眼，人家回归关你什么事？我想了想，不知道啊，但总觉得是大事儿。

七月的农村也很闷热，颠簸了一路的我将早饭的牛奶鸡蛋吐到了父亲腿上，他一边手忙脚乱收拾一边对我挥手，你！一边儿凉快去，别再吐了。七拐八拐来到瞎眼婆婆家，我害羞地躲在父亲身后，怯怯地指着婆婆说，她是谁，亲戚吗？父亲拉我坐下，跟婆婆嘟囔了几句，然后她哆哆嗦嗦伸出手摸我的脸，我惊得一躲，父亲按住我的肩膀，别动！婆婆的脸离我很近，我看着她脸上一道道深深的皱纹和白色的眼球，胃里忍不住又一阵翻滚，我清晰地记得自己把手攥得生疼，还有父亲按着我肩膀的手如此用力。婆婆摸完我的脸，又抓起我的手摩挲了一会儿，然后拿起桌子上造型怪异的铜器乒乒乓乓一阵，最后点点头，成啦。

我问父亲，成什么了？父亲没回答我，略微焦急地问婆婆，怎么样？

婆婆吧唧了下嘴巴，对着父亲一阵耳语，然后颤颤巍巍站起来说，霞光千丈晚归途，楼兰桥宇路不通，唐僧三过火焰山，金麒麟千里送袈裟。

一个人过得好不好，别人可能不知晓，自己肯定心里明白。

02

从小我都是一个很慢的人。

儿时体弱多病，医生嘱咐我不要激烈运动，于是我每天要做的事情就是写作业、练书法和钢琴。母亲不允许我外出，晚上要喝苦涩的中药，半夜做噩梦惊醒，睁着眼睛都能感觉噩梦里的恐惧从脚底蔓延到头皮。

那时我不过七八岁，抱着被子坐在床边，父亲咚咚咚敲卧室的门，安抚我没事早点睡。可我不敢睡，怕又做噩梦，经常自己一个人坐到天蒙蒙亮。母亲见我两眼发黑，问我是不是没睡好，我总是摇摇头。

由于早上学的缘故，我个头要比同龄人低很多，跑步总是不达标，期末考试体育成绩勉强能混个及格，同学欺负我个头小，我也不甘示弱和他们厮打，每天母亲看着我一脸抓痕就直叹气。

跑得慢，长大之后变成了意识慢，总好像想要做成一件事情很难，最后倒是做成了，但总离着自己的想象差了一些，中间也多了许多波折，似乎总也不顺利。

初中的数学成绩不好，导致中考成绩不理想，家人想让我进重点高中，多方奔走未果，于是到了县城的高中借读。报到的前一天家里又发生了巨大变故，高中吃了三年的夹生饭，学校管教格外严格，只顾埋头学习，耽误了参加新概念作文大赛，又因为消息封闭，错过了传媒大学播音系的提前招生，又在高考时因为几分之差错过第一志愿政法大学。

毕业后前两份工作不尽如人意，因为做错事遭受排挤和不信任。出版第二本书时被拖延了两年，之后又因为母亲生病回家照料，结果被家人挟住不允许再外出生活，擅自安排工作和各种事情，耽误了一年半最重要的时光。我一直都认为自己是一个很慢的人，这种慢不是行动上的缓慢，而是意识上的后知后觉。同学买根新笔我觉得好看也去买，别人看本书觉得不错我也去看，好像这些年都是别人做了什么事情，我才明白过来随后去做，结果却错过了很多。

父亲曾经对我说，慢不怕，你自己脚步快点，总有一天你会超过去。坦白讲，我之前很着急。

03

我回到了北京。

这一年该怎么和你诉说呢？这些年辗转过几座城市，最终还是停留在了这里。曾经有人问起为什么依然在北京生活，我都一本正经地回答因为我热爱这里，如果再谈原因就说做过前世催眠，我的前世是溥仪。我问过自己真正的原因，其实只有单纯的着迷。

这一年的脚步匆匆，我几乎奔跑着完成了许多事情，较之前两年的停滞和几年之前的缓慢，这一年实在匆忙，匆忙到觉得案子没做几个，文章没写几篇，好像一眨眼就到年尾了。但是打开电脑桌面，却在各个文件夹里看到了满满的收获。

五月时我出了散文集，现在故事集又出版在即，朋友圈里的人纷纷惊叹，你怎么又出书了？你怎么这么能写？你不是广告狗每天忙到要死要活吗？诸如此类的问题几乎伴随了这一整年。

广告圈里有一句笑谈，把女人当男人使唤，把男人当驴使唤。既然自己已经是头驴，干吗还要做其他事情？曾经我也觉得做事艰难，尤其是在我战战兢兢长大之后，对于选择有许多不必要的犹豫，但今年初我突然真正明白那句话，你的问题是想太多，做太少。

于是，在旁人看来已经是忙到焦头烂额的自己，依然规定了非常严格的写作和播音计划，依然参与了诸多非本职工作的案例和项目。而当我按照规划一篇篇文章写下来，按照计划一件件事完成后，我没觉得那些事情有多难，也没觉得时间不够用。

我这才明白，一切只在于你敢不敢开始，并且要坚持。

当我看着文档内25万字的书稿，看着新书在印厂内印刷，看着新的项目敲定开始实施时，我想起了曾经那个后知后觉的自己，我眼睁睁看着自己一天天地变化，说实话，我有点不敢相信这是我在一年里完成的。

直至今日，我这才敢坦白讲，我之所以能够走到今天，并非完全源于内心的信念，也有年少时的害怕和悲观。

04

有人曾经在微博私信我，远近看你每天都写正能量的话，觉得每天都充满阳光，你一定是一个积极向上的人吧？我哑然失笑，其实恰好相反，我之所以每天写正能量，源于我内心中的不笃定，将那些话写出来，劝导别人，也安慰自己。

我不是一个乐观的人，在做很多事情时总将最坏的结果考虑周全，想好一切补救措施。曾经有前辈劝导我这样不好，但后来我发现，正是源于这份悲观，我会拼尽全力去努力和争取更好的结果，而最终也往往比自己的期待高，于是我日复一日沦陷在悲观里无法自拔。

担心广告方案没有做好，担心项目不受重视，担心写作状态不佳，担心出书无人赏识，我每天都在担心很多事情。但庆幸的是，学过心理学的我不会将这份担心变成焦虑，而是会直接转为动力，用尽一切办法让自己这份担心不要实现，最终实现我想要的结果。每一个人，都有你所无法察觉的阴暗面，而我的阴暗，源于少年时我无法企及的高度，还有自己一直不否认的小小野心。

新朋友说我是一个不好接触的人，因为显得很高冷，但接触之后又发现实则是个“逗比”，这份将自我状态刻意摆高的抵抗，其实是曾经过于自我保护的延续。我惧怕不熟悉，也害怕被伤害，每一个人都会有难以启齿的往事，而在我今年将它们写成书公之于众后，我才觉得这一切真正是过去了。

我承认我不是一个豁达的人，可能现在不会在意别人的评价，但知晓后难免心头一震，换作几年前我可能会反驳直至两败俱伤，锋芒毕露的自己也吃了不少苦头，而后便学乖，不再有什么表示，挑眉说不在意，实则在心里暗暗较劲，咱们走着瞧，总有一天让你哑口无言。

任性、倔强、不服输、自我，我太明白自己是个怎样的人。生活在这座城市里，能够依然懂得自己是一件难事，而有些我愿意去改正，有些却依然保持着年少时的性格，不愿意混圈子，不愿意刻意迎合，不愿意扎堆凑热闹，这最直接的尴尬就是很多人提起我都说，远近啊，认识，不熟。

一个人过得好不好，别人可能不知晓，自己肯定心里明白。一件事到底值不值得，别人看来是值得，自己只有是否愿意。

05

现在的我就是这样一个人，说句不怕大家笑话的话，其实我啊，还是一个心里有梦想的人，我还是想试试看，再试试看自己还有什么潜能，还能做成什么，还能成为一个怎样的人。说实话啊，到今天这一步，离着我想要的，还远着呢。

曾经有朋友反驳说，现在人们都讲慢生活，都谈无标签，你自己搞那么多不累吗？我说，慢生活是以后的事儿，现在还年轻，有什么资格去谈享受？二十郎当岁就是要不停地给自己做加法，尝试不同的可能性，而立之年之后，再做减法去除烦琐，留下最擅长的部分用于养活自己安稳度日。现在的我不能慢，我已经慢过了自己的少年时光，不愿意再跟在别人后面奔跑。

从小到大，我一直都坚信一句话，做事情，要么不做，要做就要做到最好。这最好不是要争抢第一名，而是你真的尽力去做去拼，别管别人说什么。你真正轰轰烈烈付出过，那么最后哪怕真的无法抵达最好的成绩，也无愧于内心。你没赢过自己，拿什么跟他人谈论人生？

曾经有人对我说，你不适合做广告，你的案子看起来就是一坨屎。也有人对我说，你不适合写作，你的那些文字就算写了也没人看。还有人对我说，你不适合播音，你的声音带着一股土气，无非就是普通话好些罢了。

后来这些事情我都做成了，又有人说，你这是运气好，没有谁的帮助你完全不行。也有人说，事不关己高高挂起，你没经历过你怎么了解别人的痛。还有人说，做出一点成绩肯定是背后有后台，据说他还是个“官二代”。

当这些背后的话语听得多了、习以为常后，我觉得他们其实都在给我机会，别人的掉以轻心是自己迎头赶上的最好机会，别人的蔑视和不屑是自己证明自己最好的机会。我的玄学老师不久前对我说，不要怕有小人，当有小人出现时，说明你的贵人、你的机会要来了。

于是，我犹如几年前的自己，在听到这些话后无动于衷，只是暗暗在心里说，咱们走着瞧。

06

选择过的，就应该义无反顾，不回头径直走下去。

年初时我和父亲聊天，说起这些年的风风雨雨，他叹口气，跟我说起了1997年带我去见瞎眼婆婆的事情，这些年他都不曾提及。那天父亲微微一笑说，当年婆婆说你的八字万里挑一，命格里有三虎，三虎必有一龙。只是命里多磨难，少小不经事，大器晚成。

我也笑笑，没说话。父亲看了我一眼问，你信吗？我认真地看着他，说：我信命，但我更信自己。

命是生来就在的，世界本不公平，有人穷其一生追寻的东西，可能旁人轻而易举就会得到。信命是对自我的部分妥协，人有很多的无能为力，但同时我更信自己，我相信人的能力可以改变很多事情，不去尝试，又怎能体会人定胜天的奥义？

你在世的日子，要比正午更明，虽有黑暗，仍像早晨。

父亲说，孩子，你这是在赌博。我点点头，但我愿意为自己的将来赌一把，赢了皆大欢喜，输了又有何妨，大不了说一句“这都是命，从头再来”。

把自己的不幸托词给命是懦弱的表现，我从不允许自己有自嘲的机会，如果你和我一样曾经站在选择的分岔路口，那么就会更加理解这种感受，并且会为依然拥有梦想、时间和周围的人事而深深高兴。

每个人被赋予的命运都是为他量身定做，再经过自己的缝补成为今天的样子，不用逃避，也不用否认，即使是一个人，即使每一分每一秒都要忍受命运的枷锁，也要带着镣铐去舞蹈，因为你明白，如果选择逃避和倒下，那这场豪赌，必输无疑。

人的一生啊，没有绝对的功成名就，也没有必然的一败涂地。你想得到的，要靠努力和隐忍去换取，你所失去的，要用更好的自己去重逢。前路漫长，一路风雨又何妨!

我很喜欢眠去的新书文案，分享在最后:
你必忘记你的苦楚，就是想起也如流过的水一样。
你必仰起脸，你也必坚固，无所惧怕。
你在世的日子，要比正午更明，虽有黑暗，仍像早晨。

2014年就要过去了，我很感谢它。

河流

扫描收听有声版

01

有一种未来是，你看不到黎明，也不知道还要挨过多少孤独，但你内心笃定自己需要继续前行，说不出为什么，只是心里暗暗知道应该这样做，也没有其他的选择。

每天我都会告诉自己，少说话，多做事；要克制情绪，要时时自省；不要让自己变得懦弱，但也别咄咄逼人。说这些容易，但是做起来却很困难，我也会暴跳如雷，也会声嘶力竭，这或许就是人的劣根性，完全改不掉。

人是有许多习惯不好改变的，一旦形成就好似魔咒，除非有强大的意志力才能突破。比如很多人无法早起，其实不仅仅是因为懒惰，归根结底是没有将早起之后的事变成必须。我们有一百种可以早起的理由，却只要一个念头就可以轻松打破，那就是再睡一下吧，反正也没什么关系。

想起曾经工作最忙的时候，每天只睡三四个小时，明明眼皮已经打架，却不停告诉自己还有工作未完成，客户咄咄逼人，老板等着看结果，于是喝下无数咖啡硬撑，哪怕身体已经亮起红灯，却视而不见。

但尽管如此，我依然有许多半途而废的事情，小时候学的书法和钢琴荒废了，制定每周都写文章的计划荒废了，坚持了半年的健身荒废了。我们总是在说来不及，总是在抱怨为时已晚，可实际上，大多数事情销声匿迹的原因，只是自己不够笃定。

我觉得自己有太多缺点，也觉得坚持的事情难以继续，这时就开始佩服别人的忍耐力，明明可以走下去的，为什么到了半途自己就戛然而止呢？

已经有太多人说坚持的重要性，说我们要心怀梦想，可梦想到底是什么模样，如果拿文字来勾画，肯定有言不由衷的地方，任何表达形式都有将其美化的可能。梦想只能存在于心里，时而明亮时而黑暗，甚至大部分时候见不得光。只是，我们所谈的坚持梦想，在我看来，很多时候是硬着头皮去做的。

02

之前在四川签售的时候，认识了一个当地的学生，播音主持专业，专业不错，语感也很好，那几天她都全程陪同，主持各种分享和见面会，性格活泼，很快和我们打成一片，我们都叫她小洒。

在四川的最后一场活动结束后，小洒悄悄把我拉到了角落，还没开口眼泪就下来了，我吓了一跳，询问原因才知道她心里其实十分纠结。小洒算是学校的风云人物，主持各种晚会，做节目的配音，看似优秀风光，可按她的话讲，每个人都有不同的心酸，她的心酸就是必须硬着头皮做这些事情。

我预想的没错，纠结的最开始是因为爱情。小洒有一个很要好的男朋友，但远在千里之外的城市，他们拥有所有异地恋都有的问题，时间、距离、沟通等等，这些都成为他们情感发展的阻隔。男生不理解小洒的坚持，因为她总是忙着主持和跑场，时时联系不上，怨言颇多。而小洒参加的各种主持人比赛，却都因为没有后台没有背景被早早淘汰。她看着那些专业素养不如她的选手成为冠军，只是因为那些人有她没有的条件，她愤愤不平，又毫无办法，这样走下去，何时是个头。

小洒絮絮叨叨说了很久，我几乎没有插嘴，也不知道该说些什么。在坚持的路上，就注定会遇到各种问题和不公平，当你站在了分岔路口，自己的态度和意志就格外重要。这时说什么做什么都是错的。

到最后我说，不如就放弃吧。小洒愣了一下，睁大眼睛看着我，放弃？凭什么？我说，凭你现在这么难受。她摇摇头，我曾经想过放弃，但后来发现自己很无耻，我曾经满脑子都在想怎么做才是最好的，但现在哪怕我做到最好，都很不安，但我从未想过放弃。

她说，我只是需要有个人和我聊聊天就够了，听我发发牢骚。曾经我做这些事情是爱好，但现在已经成为了生活的全部，没有任何理由可以让我放弃，不然我还能做什么，只有硬着头皮走下去。

我问她，就没有一丝丝的后悔？她想了一下，坚定地说，没有。

03

我回到北京后，小洒时不时给我发信息汇报近况，她说幸好没有选择放弃，也还是耐着性子继续按部就班，但总归是好起来了。

后来我在想，或许我们都是在进行一场与他人之间的博弈，一开始信心满满，大步向前，后来发现别人开了挂，于是踌躇犹豫，但已经起跑，没有办法回到起点，索性拼一把，闭上眼睛不管不顾，就这么冲下去，哪怕最后还是输了，起码没有放弃。

起码没有放弃，是我最近经常听到的话，我把它理解为：我虽然没有赢，但我尽力了。

很多人问我为什么要选择做很多事情，有些甚至已经不再是生活的重心，却依然在继续。我的回答都是没有办法，不是不想结束，而是选择结束肯定会后悔，虽然现在看似没什么结果，但好在还能继续走下去。

不管是工作还是其他，我们都必须这样走下去，才能够对得起自己的选择，哪怕是硬着头皮。有人说我不会，所以我不做，也有人说有太多人在做，所以我不做。但就如你无暇评价别人的生活，你也不用去和别人攀比。你有你的生活方式，别人的好坏与你无关，同样，你的选择也和别人无关。

如果还不够强大就选择面对，如果经历刻骨铭心就选择铭记，如果热爱就要选择继续坚持，如果无法放弃，其实只是因为你不甘心。

因为这份不甘心，我们走过了许多路，对于很多事情的不够坚持，在某些事情上却十分固执。我就是如此，曾经半途而废过许多事情，却在另外的坚持上一如既往，这不仅仅是梦想这么简单，还有不甘心。

不甘心这样失败，不甘心没有成绩，不甘心技不如人，不甘心半途而废，我偏偏又是一个一根筋的人，从来都是走极端，要么就拼命，要么就滚蛋。

04

人长大的一个重要体现，就是越来越在意自己，不过多关心外界的评价，我不敢说从不在意，但这确实是最容易压垮自己的东西。曾经我们将时间浪费在青春无用的东西上，如今想来很美好，但却无法重来，既然脚步停不下来，那么行动就要跟上。

有人说，人的一生其实就是一场赌博。想来的确如此，我们为什么而赌也因人而异，赌梦想，赌爱情，赌事业，赌生活。但实际上，无论我们拿什么去赌，都是在赌明天。

赌明天梦想可以照进现实，赌现实不要像现在这么残酷，赌真命天子早些来到身边，赌生活不要一成不变。为了这份博弈，我们押上了精力、时间、行动、热情，赌上的筹码交付给了命运。我们用行动开始了一场竞赛，我们现在所做的一切，包括那些处于迷茫之中的纠结和痛苦，都会慢慢堆积成为明天的模样，变成你无论如何都要接受的未来。

赌明天可能不是想要的结局，但却是你必须要接受的终点。

人生有很多道路，我们选择了其中的一条，如果这是一条能够走到尽头的道路，如果这条道路的终点是幸福，即使再艰难和孤独，也是一种幸福。

我曾经有很多梦想，我想成为老师，想成为医生，想成为律师，想成为明星。曾经的想法又傻又天真，但却是握在手里的一枚枚筹码，用来交换我的明天，有些可能在前行路上被退回和遗弃，有些却坚持到了今天。

曾经我觉得做很多事情很酷，长大发现自己并不适合；曾经我认为人天性是善良，但发现善良也伴随着许多的恶。我开始明白这个世界没有唯一的标准，重要的是你拿什么去相信你的未来，你还有什么筹码。

我们从来都不是愿赌服输的人，这源于我们的欲望和贪念，哪怕我们是硬着头皮去和命运进行这场游戏，哪怕我们或许只是上帝的一枚棋子。只能说在芸芸众生中，我们终究都会有自己的位置。

05

之前有人问我，为什么明明知道梦想很难却依然要努力去实现。我说因为那是我们的欲望，后来觉得远没有这么简单。

这其中的因素太多了，欲望只是最浅显的一层，还有刚才提到的没办法、不甘心、筹码等等。我们想要给自己一个交代，在我们已经没有力气继续前行时，可以微微一笑地继续说那句话：还好，起码没有放弃。

你要明白，并非每个人都是幸运的，奋斗了一辈子或许只满足了温饱，咸鱼翻身了其实依然是咸鱼，追逐了许久的梦想依然遥远，但这条道路不只是为了达到目标，而是让自己活得心安理得。

这总归是一件冷暖自知的事情，你是什么样的人，你看到的就是什么，如果跟别人去解释，最后发现是无用功。但永远别说太迟，永远也别气馁，毕竟除了现在能做的事情，你别无选择。

看吧，我就是这样一个极端的人，我总是将自己的后路堵死，好让自己无路可退，没有办法后悔。我相信很多事情，其实内心深处也在自我怀疑，但这不妨碍我愿意继续为它而努力，毕竟遗憾的滋味我尝过，那比失败更让人心碎。人生有很多道路，我们选择了其中的一条，如果这是一条能够走到尽头的道路，如果这条道路的终点是幸福，即使再艰难和孤独，也是一种幸福。

我们自认为都是站错了月台的乘客，但又偏偏阴差阳错上了这班车，时时不满，时时怀疑，但不到终点，又怎么会知道命运是如何安排的呢！

不一定所有的付出都有结果，我们寻寻觅觅，最终也不是非要抵达某一个终点。有时付出在路上，有时付出在心里，只是我们在这种看似无结果的旅途中，越来越清晰地看到自己内心想要的，越来越明白自己是怎样的人，这又何尝不是一种让人欣慰的结局呢？

别太在意是否有如意的终点，或许只有明天的自己才知道，什么才是值得的。歌里唱：怎能就让这不停燃烧的心，就这样耗尽消失在平庸里。失败的英雄也还是英雄，总之不会去做一个苟且安身的路人甲。时光在谁的身上没有残忍地踏过？放了不该放的手，也回了不该回的头，我们的人生哪，说到底都是百炼成钢。

人生就如同一条河流，我们总是抱怨为时已晚，我们也或许错过了最美的时候，但是你要明白，仅次于它的最佳时间，就是现在。

扫描收听有声版

每日我说·关于梦想

—

DON'T
DREAM
IT'S
OVER

我们不过都是普通的人，包括那些明星大腕，其实也和我们一样，会难过会开心，会流泪会微笑。我们可以活得很伟大很耀眼，可以让很多人喜欢，受万千宠爱，腰缠万贯；我们也可以活得很渺小，或许有很多人讨厌，受冷落受欺压，一贫如洗。只是需要记得一切总有回报，我们曾经做过的努力，我们辛苦的付出，都会在某一天，以一种你完全想象不到的方式，用一份格外郑重的传递，交回到我们的心里。

我一直都这样相信，所以我知道，任何的付出都会有回报，我相信很多人都这么去想吧。一切的到来都是一份不容易，那是属于我们自己的回报，都是自己曾经的努力，你要相信这些，因为只有你相信，并且去做，它才有到来的可能性。

风

草

30 / JAN. / 08:00 / P.M.

未来是自己创造的，谁也无法抵挡时间的逝去，也不能够提前遇到自己的未来。只是在这最后的时刻，在过去和未来的临界点，好好留下一点什么，带走一点什么，即使前方有更多的泥泞。不谈之后的再见，只说今日的离别，而在之后，还是需要点什么来延续我们的生命吧。

今天有人问这是一个怎样的时代。这个问题真难回答，很多人讲物欲和浮躁是代名词。但其实是我们自己将它们放大了，整个世界开始变得格外空旷和自我，没有人留心和在意别人在做什么。在前路未明时，我们要忍受寂寞、端正心态、抵御诱惑，要放低自己。

这必定是一条漫漫长路，或许没有真正值得去崇拜的人，也或许没有真正值得在意的人。当去掉那些光芒，其实我们一样都是在黑暗之中跌跌撞撞摸索前进的路人。

DATE

2/9　04:15 p.m.

存在

有时候会觉得，不管人与事，都会停留在内心的期望值里。

这份期望，其实并非是“白日梦”，而是在自己曾经经历的很多事情里。把某些看得太重，又把某些看得格外低，也不知道是对是错，就这么一直认为了下去，而今我留不住的，才是真正需要期待的。

期待会有一个丰盛的世界，慢慢张开它的魔力，它的手掌里放着糖果或者毒药，喂食这个世界里的每一个人。幸运时觉得自己的期待都是值得，遇难后又在懊恼当时的期望。等待，其实并不是因为什么要到来，而是为了给自己一个理由不离开。

I-T-'-S
A-L-L
A-B-O-U-T
time

2月16日 07:10 p.m.

或许我们这一代人从小到大都在追赶别人的脚步，生怕自己落下，好像很少真正为了自己去做什么事情，一切都安排妥当。但每个人都有自己的活法，穷是一辈子，富是一辈子，走是一辈子，跑是一辈子，你是怎样的人，就会怎样活着。“来不及”是我们生命里的关键词，有些事情我们真的怎么追都追赶不上。

其实，就如同打仗一般，再强悍的军队，也有弱小的地方，再勇敢的战士，也有软弱的一刻。这些时候，我们都是脆弱的，我们或许要取得别人的怜悯，获取别人精神的施舍，也或许需要他人的理解和帮助，我们一直都在独自品尝自己的悲与欢，把自己当作一个异类来看待。

而在那些正常的时刻，我们却一再地冲锋陷阵，为自己的未来——主动或被动地——征战天下。

我们经历了许多的人事，那些人来自五湖四海，曾经都有着不一样的人生，说着不一样的方言。我们和他们因为某些原因交织在一起，发生了各种关系，我们一起谈笑风生，我们一起相互倾诉，我们一起留下了回忆。

只是很多年之后，才发现了彼此的差距，才发现你们并不相同，也已经慢慢走上了各自不同的道路，他们在东，你在西，他们在这一边，你却在对岸。

有些事情，在我们有危机感时才去做，激发出潜能，来实现它的最大价值；有些事情，不是因为太难做让我们失去了信心，而是我们失去了那份信心，让事情变得难做。机会敲门时很轻，幸运降临也偶然，你需要用心和努力才能够感觉到。

不去羡慕别人头上的光环，其实我们同样有能力和机会为自己加冕。

3月 16日 01:30 p.m. 值得

今天一个前辈对我说：不要去怀疑你现在做的事情值得不值得，那不重要，也不要再踌躇是否应该按照这条路继续向前，要坚定自己的内心，只要你觉得正确，那么就勇敢去做。

纵然晚上梦到千条路，早上醒来还是走原来的路。这个世界上所有的事情都会被评说，有些需要参考，而有些，则真的是听过则过，不必在意。

在你前进的道路上，不要总是想着一马平川、一帆风顺，其实那只是你的一厢情愿，更多的时候，我们走过的道路都是崎岖的、荆棘密布的。如果在这样的时候你退缩或止步不前，可能会毫发无伤，也可能满足于现状，但你永远无法领略之后的风景，无法看到那些在经历磨难后胜利的身影。其实这些时刻的意义，都代表着你的内心。

3月18日 08:00 p.m. 桥梁

做任何事情，都应该有一份坚持和恒心。不是终点迟迟未到，而是你走得不够远。

遇到阻碍时，不要后悔因为一时的激情开始了这征程，不要在意因它度过的寂寥的漫漫长夜，不要惋惜因它耗费本应闲适的时光，不要困扰于它带来的种种纷乱，不要刻意放大那些无助和失落。

其实每一个人都会在前进的道路上遇到各种各样的阻碍和问题，在你进退两难的时候，让我们害怕的，往往不是那些事情本身，而是我们各种臆想出来的事情的结果。就像在面对黑暗时想出的恐怖，就像在烈火中想到的万劫不复，并不是害怕黑暗，并不是害怕烈火，而是害怕自己想象出来的那些躲在事情背后的结果。所以我们所面临的实际，也许并没有你想象中那般可怕。

这些都是必然经历的苦楚，是我们通向前方的桥梁。

4月9日 02:20 p.m. 需要

很多时候的选择和放弃都是一种重新认清自我的方式，我们遇到的和我们错过的不会成为正比，但这恰恰又是奇妙之处，繁华之中的冷淡和浮躁中的沉寂，都是可选可做的不同方向。

有醒过知天明，走过知巷深，而有些抉择也着实让人难以接受。若人存在是为了互相伤害，爱不如丢进大海。而有些时候，当你离开它一段时间之后，你才会发觉自己其实是多么需要它。

不知道该用什么语言来形容那些偶然的时刻和过往，过去的时光中有许多诸如此类的时刻，但绝非是故意安排。我们可能花了很多时间去寻找，但却没有发现它就在你的身边。如果你能够慢下脚步仔细去看，就会发现，那不是复杂烦琐的往事，不是如影相随的现在，而是一种无论分隔多远却感觉依然如此之近的未来。

4月 10日 09:00 a.m. 时代

忍耐，是一种能力，也是一种境界。假如你是一株弱小的花卉，想要绽放你的美丽，你就得忍受寂寞的成长；假如你是一列钻进隧道的火车，想要沐浴温暖的阳光，你就得忍受冰冷的黑暗。冲动是魔鬼，忍耐是天使。魔鬼教你前功尽弃，天使助你水到渠成。忍过黑夜，天就亮了；耐过寒冬，春天就到了。

不要让未来的你，讨厌现在的自己。我正在努力变成自己喜欢的那个自己。与其祈求生活平淡点，还不如自己强大点。

4月14日 01:00 a.m. 结局

我们做一件事情，结局愈是迟迟未到，就愈觉得过程艰辛折磨，也有很多的可能性使得最后的结果背离我们的初衷，在经过了千辛万苦之后察觉最后的结局并非自己所想，想抵达的地方依然可望而不可即，那个时候，会有怎样的感受？

那种深深的沮丧和失落会成为心头大患，在心里生根发芽肆意滋长，成为想要弥补但却心有余力不足的憾事，事与愿违、难以回头大抵也就是如此罢。

THAT'S REALLY

SOMETHING

5月4日 09:10 a.m. 梦想

电影《早间直播》里讲："有梦想是好事，8岁时有梦想，大人们觉得你很可爱，18岁时，还算鼓舞人心，28岁时谈梦想，丢不丢人啊。"

梦想真的是一件让我们揪心的事情吧，如果早几年，或许提到梦想就会觉得一切都很美好，而当进入了社会之后，再提到梦想就会觉得幼稚、惭愧、俗套，这不是我们自己的问题，而是整个社会带给我们的大氛围。如果你的梦想到现在还在心中，那么不要把它埋葬，就让社会和你一起去考验它，一起去实践。

我们都希望在撞得头破血流之前停下来，也奢望不劳而获，但一切都没有想的那么简单和容易。我想我已经没有时间去清点这些，几年下来我们都已经与内心演了无数场对手戏，那么最终会去向何方？心中的火点燃，化作了纷扬的指引，翩然散落。

5月5日 01:10 p.m. 价值

有人说有梦就要去追，不管多大都不会丢人，也有人说梦想到了最后会被现实击败，每一个人都要对这个社会妥协。

其实这两者并不矛盾，对社会的妥协和顺应不代表就必须要放弃梦想，同样值得追求的内心所向，如果你真的想要那么就要一直去找。成功和失败往往取决于你是否愿意继续坚持，你看到梦想的态度是否会随着别人的眼光而改变。

越是被人嘲笑的梦想，越有实现的价值。

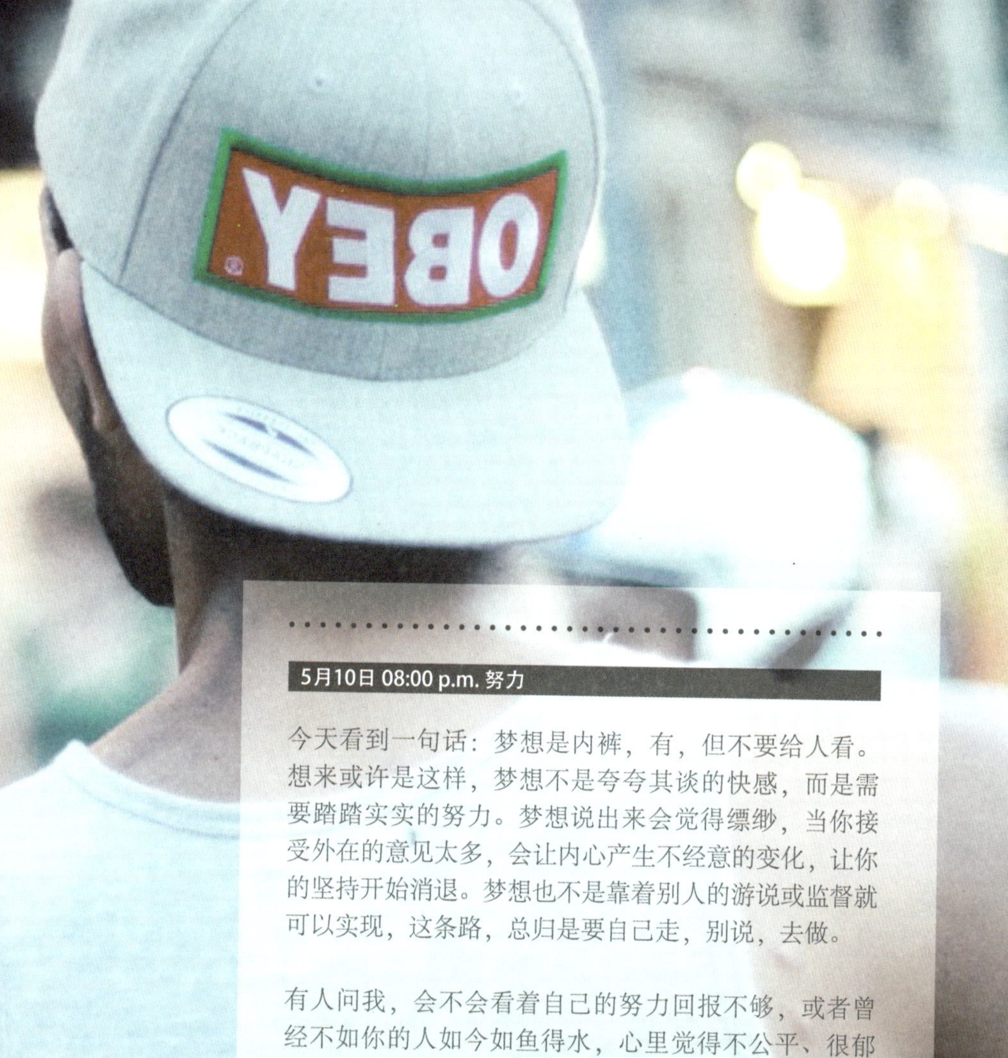

5月10日 08:00 p.m. 努力

今天看到一句话：梦想是内裤，有，但不要给人看。想来或许是这样，梦想不是夸夸其谈的快感，而是需要踏踏实实的努力。梦想说出来会觉得缥缈，当你接受外在的意见太多，会让内心产生不经意的变化，让你的坚持开始消退。梦想也不是靠着别人的游说或监督就可以实现，这条路，总归是要自己走，别说，去做。

有人问我，会不会看着自己的努力回报不够，或者曾经不如你的人如今如鱼得水，心里觉得不公平、很郁闷？我坦言，以前的确会，但后来就想通了，因为不懂不了解的实在太多。

人越长大，就越能察觉到自身的浅薄，要承认自己的偏见，坦然面对成功和失败。现在的我告诉自己，闭上嘴，再努力。

5月 25日 04:00 p.m. 难事

很多时候遇到难事，经受了挫折，感觉到痛苦和愤怒，本能的反应就是去抗拒它，但其实应该去体验它、经历它。

或许有人会说，这句话是错误的，痛苦和挫折，我们干吗要去经历呢，直接绕过或者是逃避不是更好吗？但其实，只有在亲身经历过，把它们打败之后，你才可以真正享受解脱的滋味，任何困难和痛苦都不是可以逃避掉的，或许暂时会有一瞬间的消失，但是过一些时日，它们依然会出来打扰你本以为平静的生活。

其实说得容易，做到却很难，这需要下意识去培养，没有人自愿经受苦难，但它或许会在你积累到某一个阶段时，完全引爆你身体内的潜能，你或许发现原来自己真的可以。不抗拒、不躲避，就那么顺其自然让它发生，想办法渡过、化解，当经历过这一段之后，会发现自己走出了往日固有的模式，真正开始成长。

6月22日 11:30 a.m. 解决

其实每一天我们都做许多身不由己的事情，想哭、想喊、想睡着不醒来，可是不能，后来我们就习惯了，习惯了被伤害，习惯了忍耐，哪怕跌倒也要笑着说不疼。你爱过那么多人，你心疼别人的遭遇，问问你自己，你何时爱过自己，心疼过自己？习惯或许是麻木，生活可能是陷阱。

很多人在遇到事情后不是首先想要怎么解决，而是觉得不公和委屈，陷入无用的情绪中无法解脱。虽然这是人之常情，每个人都有无法排解的情绪，但应该学会自控和排解，反问此刻的自己是否正在做无用功。如果问题能够解决，为何还要忧愁烦恼？如果不能及时解决，徒增烦恼又有什么意义？

8月17日 04:00 p.m. 未来

我曾经无数次描述过自己的未来，无论是好是坏，都是一层外衣，包裹住逐渐连自己都无法了解的内心。曾经的年少无知，迷茫无奈，像是一场秋雨，过去了就真的过去了。我相信，我依然是那个小小的怀揣着梦想的自己。

在想要放弃的那一刻，想想当初为什么坚持走到了这里，给自己一个答案，然后和现在放弃的理由比较一下，哪个更微不足道？再想想一直期许的未来，最后再给自己一个选择吧。前面的路也许真的并不太清楚，放心地走了以后也许会觉得辛苦，也许会想停也停不住。

NESSES

KNOW YOUR / WEAK-NESSES

KNOW YOUR / WEAK-NESSES

8月 26日 07:00 a.m. 感谢

我一直都认为梦想和现实并不矛盾，不要把它们放在对立的两面，或许我们最后都要对这个社会妥协，但不代表就必须要放弃某些作为代价，请继续勇敢。成败很多时候取决于你是否继续坚持，你是否会随着别人的眼光改变。越是被人嘲笑的梦想，越有实现的价值，假如我是流水，我也不回头。

我感谢时光给予我的历练，让我可以了解自己，可以担当之后的事情。不管是何种经历，都可以对这平常点滴时光有更加深刻的认知，我想这意义重大。生死和别离，悲痛和泪水，都是前往更远未知的路途，不能躲避，不可绕行。

9月 9日 01:30 p.m. 初心

还记得那年盛夏，心愿许得无限大，希望被爱，希望找到更好的人，如今却祈求依然拥有爱的权利。要让生活保持一点最初的模样，不要因为自己的长大变得面目全非，不要舍弃一直陪伴你的东西，比如初心，比如善良，那是我们最珍贵的东西。

生命是单行道，你可以后悔，但无法重来。路只有这么宽，两旁有美丽的风景，同时也布满了荆棘，与我们同行的人总是有限，很多事情只能靠自己。你一定懂求人不如靠己的道理，当你吃过因依赖和索取带来的苦才会真正明白，只有让自己强大而美好，做自己的主人，才能前往更遥远的未来。

There is a way...

12月 19日 09:00 a.m. 是路

要相信这个世界上，有这样的人存在着，他们缓慢，绵长，独自生活在自己的世界里。他们有可能和一些人邂逅，也有可能会和另外的人重新开始。他们心中有着自己选择的方向，一如他们习惯运用的处理方式和手段。这样的人，看待别人的事情有自己的概念，执着又扎实，他们全力行走在自己的小路上，哪怕在更多人看来那路不是路。

梦想到多久都不会被轻易忘记，只是现在越来越难以启齿，有人努力后会实现，有人却深埋在心底。我们曾经的冲动热血，我们现在的坚持和勇气，都源于梦想发出的微光。你说谈论梦想可耻，我说甘于平庸是堕落。每个人都有选择生活的权利，未来会怎样无人知晓，但在前进的路上，我们都在奋力前行，不转弯，不孤单。

梦想笔记

写下自己8个梦想，
先做一个伟大的空想家，然后再想怎么实现它。

后记

莫如斯，寂寞至此

宇 华

A

一切过去了的都会成为最亲切的回忆。

B

曾经说过，夜的苏格兰都是冷的，清静的。

之所以这么说，是因为只有冬天的苏格兰才拥有漆黑的夜。夏天的英国老早就被称作“日不落”的岛国，太阳一直坚持到晚上十一二点才肯下去，估计是随便躲在某个角落而已，因为天依旧不能完全黑下去，只是变成很深很浓的蓝，没过几个小时它又忍不住跑出来了。所以说苏格兰只有冬天才有夜晚，夏天没有。一到冬天，下午四五点开始，夜晚就嗖嗖地从各个不知名的拐角窜出来，瞬间将整个城市吞咽，那才是黑夜中苏格兰的真面目。飕飕的冷风就像一把紧绷的弓，在低音大提琴的弦上刮起沉沉的鸣声。街上零散的烟头被吹得断续往前滚，嶙峋的枝丫在风中张牙舞爪。午夜过后雪就开始从半空中翻飞下来，屋顶，路牌，教堂外面大片的空地，窄窄的单行道，通宵停靠在路边打着转向灯等客人的出租车的车顶，都会被准时到来的白雪覆盖。路灯的黄光也变得异常单薄，整个世界变得朦胧。

好几次我在夜晚打工回来的路上，顶着迎面的大雪走着，路很黑，我从口袋掏出手机把屏幕按亮，暗了又再按亮。海鸥在广场雕像旁边不停盘旋，咕咕地叫。手指被冻得发麻，只好放到嘴边哈几口热气。一个人的夜路上，哪怕一点点微弱的光，也会让我安心些许。

而我，在这个几乎没有夏日的城市过了四年，挨过了多少个夜。

从毕业舞会出来时已经接近凌晨五点了，早起的海鸥冲着黛蓝的天光一声声鸣叫，盘旋。我手中仍攥着那喝剩半瓶不再冰冷的啤酒，与友人坐在马路旁，咕咚咕咚地一口闷了下去。熟悉与陌生的人向着大路的方向走去，我拖着疲惫的身躯与其拥抱道别，再见，也不知道下次相聚是何时了，或许再也不见。

“离别的技巧，不怕学不到，就怕熟能生巧。”

C

几乎每晚都会掐准时间在窗台前坐一小会儿，朗清的夜晚就一定会看见远处有一架夜机扑闪扑闪地往西南方向飞。这是我一年多前搬进这所公寓后无意发现的，约莫是从爱丁堡起飞，不知道目的地是何处。每次回英国都是搭乘接近凌晨的夜机，一样扑闪着从我无比熟悉的家乡飞离，也总会有有心人看见的，对吧。

搬家前的那晚我也掐准点跑到窗台前，厚重的云层似约好般堆积在屋檐，什么也没看见。我挽起袖子，将家当一样样塞进纸皮箱，把四年的物件连同生活一并打包进四个大箱子。

D

我坐了一趟长长的列车，从北到南，苏格兰出发，终点站伦敦。

E

前阵子一个人重走了一遍天空岛。

入住后天色渐晚，天公不作美依旧淅淅沥沥下着雨，山涧在傍晚时分悄悄起了雾，群山都隐匿在迷蒙的雨雾间，只露出群青色的一座座绵延山头，被洗涤过的枝叶尤其明净。厚重的云层随着拂风的方向游走，植被也轻轻倒向同一方向，天色一度灰暗下去，我就这样看完了我二十二岁的最后一个日落——老实说那并不算是日落，像慢动作放映的灭灯，在你回头之前就啪嗒一声把你周遭变黑。小时候很怕黑，总觉得黑暗是无形怪物的藏身地，他们汲取幼童的梦为养分；长大后便觉得黑暗没什么，都是自欺欺人的玩笑而已。不过我奶奶跟我讲她年轻的时候从不怕黑，半夜的深山沟，借着月光照样大无畏前行，如今不行了，入眠前总会在房间角落或者走廊上留一盏小灯，亮一整晚。

曾看过一部电影，一个走到生命尽头的人形容自己的畏惧，死亡就像走夜路，在一片漆黑中胆战心惊摸索前行，没谱儿，你不知道是否下一秒便会踏空，坠入万丈深渊。

F

写下这篇后记的时候刚从一份工作中离职。

那天晚上我约了几个友人到砖块街的一个酒吧，几杯下肚就天南地北地侃。打烊后从酒吧里面出来，入了夜的伦敦从张牙舞爪变得温驯而静谧。我们头脑一热在街旁的自动租车点租了几辆自行车，沿着凌晨的泰晤士河一圈圈地兜。争取多拉几个夜客的黑色出租车从身旁呼啸而过，我们几个有一搭没一搭唱着年少时朗朗上口的口水歌，也偶尔会碰到半醉的路人冲我们大吼。九月初的伦敦早已起了冷意，风顺着衣领嗖一声灌进胸膛。

我总是刻意地将孤单的每一秒都用友人或者陌生人来填满，因为只要一个人在晃动的车厢里，在人潮汹涌的巷子里，在嘈杂的青年旅馆的床上，在无名的小咖啡店里，我都会冷不防地想起过往。久久不被想起的过往相处的片段，悄然剪接成一部伤感的片子，突兀映刻在路途中的车窗上，免不了一而再地鼻酸。翻来覆去对失去的念念不忘，耿耿于怀，只因不舍。

G

一直以来都有断断续续地用笔头记录生活琐事的习惯，用的是旧友赠我的一本厚厚的笔记本，他在扉页写下：“朋友，是一生一世的事儿。”

那个友人已经许久没有联络了，上次回国在出租车上电台广播中听到那句“突然好想你”，鼻头一下子就酸了。与远近萌发出做这本书的想法是一年多前了，这就像本私密日记，远近用他细腻却锋利的字句记录下他的生活点滴，而我用我掉漆的镜头试图将一万多公里外的光景悄悄冻住，我们都执拗地抓住那些说不定明日就会忘却的东西，希望有朝一日你能看见。

谢谢远近，没有他根本就不会有这么一本自私的册子。来，举杯，饮胜！
谢谢父母，你们是我所仗仰的真理。

会再见的，平白无故，哪来那么多的后会无期。

宇华

2015年9月6日晚 于伦敦

图书在版编目（CIP）数据
不喧哗，自有声 / 这么远那么近，宇华著 .-- 北京：北京联合出版公司，2016.1
ISBN 978-7-5502-6918-7

Ⅰ．①不… Ⅱ．①不… ②宇… Ⅲ．①随笔—作品集—中国—当代 Ⅳ．① I267.1

中国版本图书馆 CIP 数据核字（2016）第 005985 号

不喧哗，自有声

作　　者：这么远那么近　宇　华
选题策划：北京宏泰恒信文化传播有限公司
责任编辑：张　萌
策划编辑：空　空
封面设计：金陡设计室 · 车球
版式设计：宇　华
责任校对：张艳婷

北京联合出版公司出版
（北京市西城区德外大街 83 号楼 9 层　100088）
北京天宇万达印刷有限公司印刷　新华书店经销
字数 120 千字　710 毫米 ×1000 毫米　1/16　18 印张
2016 年 3 月第 1 版　2016 年 3 月第 1 次印刷
ISBN 978-7-5502-6918-7
定价：45.00 元

成长是一次又一次的自我总结和超越，我们狭路相逢，兵刃相接，不过都是为了活得像自己。时光在谁的身上没有残忍地踏过？放了不该放的手，也回了不该回的头，我们的人生，说到底都是百炼成钢。

生命中那些细小的痛楚，想张口发声却无法获得的力量，在追求梦想的路上不曾拐弯的瞬间，背离初心的迷茫时刻，每一次难以启齿的尴尬，和我们只顾匆忙赶路而错过的好时光。这条道路，故事是昨天的瞬间，沿着长长的路，恍然如梦，到永远。

如果开始没有认真考虑如何走下去，那么就继续顺着内心的道路，做那个对自己慷慨而又义无反顾的流浪者，让每一个想扮演自己的人，都尽兴。

上架建议：畅销 · 图文

ISBN 978-7-5502-6918-7

定价：45.00元